「
なっちゃえ》！」
Illustration : Haru Suzukura

セシル文庫

猫になる魔法をかけられたけど、スパダリ魔法使いと子育て頑張ります!

深森ゆうか

イラストレーション／鈴倉 温

◆目次

猫になる魔法をかけられたけど、
スパダリ魔法使いと
子育て頑張ります！

一章　猫股になった経緯

「……ってここ、どこ？」

俺は目覚めてすぐに「やらかした」と、血の気が引いた。

大の男が四人くらいで寝ても、余裕の天蓋付きの豪華なベッドの上に男と二人。互いに全裸でいたのだから。

「ここって……ラブホ？」

キョロキョロと辺りを見渡す。ラブホにしては部屋が豪奢で広すぎる。ＳＮＳで流れてくる西洋の城をホテルに改装したような感じだ。

「えええ？　一晩で海外に飛んじゃった？　俺？」

壁一面のガラス窓からは、絶対に日本じゃない風景が見える。

「この風景、モニターだったり……？」

俺は恐る恐るベッドから降りようと端に移動する。とにかく服を着よう。

ベッドから出て服を着なくては、とパニクりながらもベッドの上を這っていく。

このベッド、広すぎだろう。

「と、とにかくパンツ、パンツだけでも穿きたい……！」

けれど俺の願いは、後ろから抱き寄せられたことによって阻まれた。

隣で寝ていた男が起きたのだ。

きゅう、と抱きしめられて首筋にキスが落とされる。

「――っ、ひゃっ」

「おはよう、ハル」

耳元で囁かれ、ゾクッと背中が粟立つ。

寝起きの少し、掠れた声。けれど低く甘く、慰撫するような声だ。

首に落とされたキスもこの声も、俺の身体に気持ちがいいものだ。全身が喜んで戦慄いてる。

同時――。

この声……聞いたことある。昨夜に……。

思い出した。

俺……この人と一線を……超えちゃった……。

チュッ、チュッと首筋や肩に口づけが落とされて、そのたびに俺の下半身にゾクゾクした甘い痺れが生まれる。

「んっ、んん……や、やめて……ください」

「どうして？　ハルの身体は求めているようだけど？」

ああ、また囁くのは止めて。耳元でその声は危険だよ、変になってしまう。

だってこの声もキスも、あまりに俺の好み過ぎる！

このままズブズブと快楽に浸っていたくなる。

いやいや！　性欲に引きずられている場合じゃないんだ！　頑張ってこの誘惑から這い上がれ！

「ちょっと、ちょっと待ってください！　まずは今の状況を把握させてください！」

俺は二年目社会人。リーマンとしてはまだまだだ。しかも大失恋のあと。だからこそ、こんな失態をしでかした。けれど流されたままでいいはずがない。

「覚えていないのか？」

俺から腕を放してくれた彼は、無表情な顔で首を傾げた。

――あ、この顔、覚えてる。

顔に喜怒哀楽があまり浮かばない人で、だけどめちゃくちゃ顔がいい！　と思ったんだ

っけ。

艶のある黒髪は首に沿うように梳いてあって、左に一房レザーのヘアアクセサリーで細く結んでいる。

どう見ても日本人の顔じゃない。スッと通った鼻筋と切れ長のアクアマリン色の目。整った容姿で背も高くてモデルかと思った。

想いを寄せていた先輩（♂）の結婚式に出席したあと一人バーに入り、追い酒をしていた。俺の横に座った彼にも酒を勧めたんだ。日本語が堪能だったのと結構酒がいける人だったんで、ボトルをとって二人で呑んで、酔いに任せて愚痴っちゃった。

物腰が柔らかい人だったし、今思えば俺が『同性が好き』と宣言しても引かずに耳を傾けてくれたから嬉しかったんだと思う。

「あー……、途中までは覚えてるんですけれど……」

「私の名前は？　覚えている？」

「あ、それは覚えてます。確か『エリアス』……ええとエリアス・シルバーレイクさんですよね？」

酔ってても人（お得意先）の名前はしっかりと記憶する。社会人として叩き込まれたことはちゃんと身体が覚えているようだ。

「そうだ、君はハル。ハル・ヒロセ。名前は合っている？」

「ええ、そうです」

「そして社会人二年生。今年で二十四歳になる。母親はハルが中学生のときに病死して、父親は登山好きが高じて早期定年退職後、山小屋で働いている。あと六歳上の姉が一人。姉の子供の面倒をよくみているから子守は得意――でいいか？」

「は、はい」

酔っていたとはいえ初対面の人に、自分の家族のことまでベラベラ喋ったのか、俺。

「昨日は好きだった同性の先輩の結婚式に呼ばれ、泣き泣き祝辞を述べた」

げっ。そんなことまで？　うわー恥ずかしい。

社会人になって、俺を新人教育してくれた先輩の結婚式に呼ばれて、俺はスピーチを頼まれた。

入社してすぐに好きになった。仕事に向かう真摯な姿勢とか、終わったときの気の抜けた表情とか、褒めてくれるときの笑顔とか、失敗したときに先方に一緒に謝ってくれたときの勇気とか。

先輩の何もかもが俺の心を虜にし、離してはくれなかった。

硬めで短く刈り上げた黒髪も、骨張った手の甲の先に伸びる長い指も、袖を捲って見えた腕なんかは「はめている腕時計になりたい」と何度思ったか。

恋人になりたい、と思ったことなんてないのは嘘だけど、叶わない恋だとわかっていたから少しでも「先輩のために頑張る後輩」「仕事熱心で先輩をたてる後輩」「自分を尊敬してなついている後輩」といくつもの自分を作り、彼にとって必要な人間として見てほしいと頑張った。

そのおかげで、冗談を言ったりする仲にまでなったけれど、俺の切ない努力はそこまでだった。

『お前に紹介したい相手がいてさ』

照れながら連れてきたのは、先輩の婚約者だった。

『お前には、上司より先に紹介したいって思ったんだ』

はにかんだ笑みを浮かべる女性は華奢でとても可愛らしい、女性らしい女性で。

親密そうに肩を寄せ合っている二人を見ながら俺は、めっちゃいい笑顔で、

『おめでとうございます！　いやあ、結婚式には絶対に呼んでくださいよ！』

と、はしゃいでみせた。

スピーチの途中から泣いちゃって『本当におめでとうございます！　先輩！　俺にも幸せのお裾分けくださいね！』なんて、おどけてみせた。

お裾分けどころか、先輩が欲しかったよ……。

先輩を思い出してしんみりしてしまった俺の頭をエリアスが「よしよし」と撫でてくれる。

ああっ、黙っていても察してくれる彼っていい。でも、寄り添ってもらっている場合じゃない。今の状況をしっかりと把握しないと。

「ええと、それで……ここはどこなんでしょう？　酔いが回りすぎたのか、どこのホテルに入ったのか不鮮明で……」

さりげなく話を逸らしてトランクスを穿きつつエリアスに尋ねる。真っ裸で格好つかないし。

だけど、彼は無表情のまま首を傾げた。

「ここはホテルじゃない。私の寝室だ」

「……嘘だろ？　この西洋の貴族が住んでいるような部屋が？」

俺は目を見開いた。

確かに使っている寝具などは高級っぽくて、ラブホのような安っぽさはない。

いや、ラブホじゃなくて高級ホテルに泊まっているのかもしれないし！

実はセレブで、自家用ジェットに乗って海外に来ちゃっているのかも！

そうに違いない。

けれどエリアスは、俺の単語の意味がわからないといった様子だ。

「『セイヨウ』とか意味はわからないが『貴族』はわかる。私も『侯爵』という爵位を持っている」

「ええと、じゃあここはお城ってこと？」

「城じゃないな。王都に構える私の屋敷だ。城は――こっち」

エリアスはさっとガウンを羽織る(はお)とベッドから降りて、バルコニーまで行って手招きをする。

くうっ、羽織り方が格好よすぎだ。また、キュンとしちゃったじゃないか。

俺は緩みそうになる頬を引き締めながらシャツを羽織ると、彼に近づく。

彼はバルコニーに出ると、ある方向を指さす。

小高い山を切り開いた場所には白亜(はくあ)の城が――。

そしてそれを取り囲むように、カラフルな建物が建ち並んでいる。

「……ここはイタリア？　ローマとかアマルフィとか？　それともナポリ？」

「いや、ここはフィンセント国だ。私たちは今、国王陛下にお仕えする者たちが多く住むエレストラという地区にいる」

「フィンセント？　エレストラ？　……国王陛下？」

海外旅行なんて経験ないから「そんな国、あったっけ？」的だけれど「国王陛下」には驚いた。

「ええと……じゃ、じゃあ、エリアスさんは外交官か何かで……？」

「『ガイコウカン』？　いや、私は『魔法使い』だ」

——魔法使い？

俺がポカンとしたせいか、エリアスは「ええと」と考えて、口を開いた。

「ハルの世界ではない言葉だったか？　『魔道士』とか『ウィザード』『メイジ』とかならわかるだろうか？」

「い、いえ、わかります！　大丈夫です！　……って大丈夫なわけないだろっ!?　ふざけるのは止めてくださいよ、エリアスさん。そんなおとぎ話を聞くために海外に来たわけじゃないでしょ？」

そう、ここは海外だ。酔っ払ってしまった俺は、エリアスさんに連れられて海外の彼の屋敷に来てしまったに違いない。

今、わかることはこのくらい。あとは彼がきっと金持ちだろうというくらいだ。

夜に会って次の日の朝に海外のどこかだったら、彼は専用の飛行機を持っていてそれで移動したとしか考えられない。

「確かに、おとぎ話を話すためにハルを連れてきたわけじゃないな。私と家族――そう結婚して夫夫になるためだ」

「……えっ？」

『家族』？　『フウフ』？　どういうこと？

「それと、ここは海外じゃない。ハルが住んでいる世界と違う。フェロー神が司る世界。要するに『異世界』だ」

――異世界？

ははっ、と俺は作り笑いをする。

「冗談にもほどがありますよ。エリアスさん」

「昨夜は信じてくれたぞ？　それに、『夫夫』になって『家族』になることも承諾してくれた」

「……そんな大事なことを、俺……いや、ちょっと待って。『異世界』ってここが？」

頭が混乱してきた。

落ち着け、落ち着くんだ。まずは状況の確認をだな。

俺は改めて昨夜のことを思い出す。

確か酒を飲みながら、彼に自分が同性にしか恋愛感情が持てないと暴露して、会社の先輩に恋をして実ることなく想い人は女性と結婚。

先輩への恋心を隠しながら祝辞を述べて心で泣いて。

そうしたら、

「……エリアスさん、『私は同性でもかまわない』って言いましたよね？」

そう尋ねると、エリアスは真面目な顔で頷く。

「そうして俺、エリアスさんに『家族にならないか』って言われて……承諾した……」

さらにエリアスは頷いた。

「それで……その……こういう関係に……」

「ああ、ハルは初めてだった。優しくしたつもりだが、痛みはあるか？」

そう尋ねられて、一気に茹だった。

そうだった俺、彼と寝たんだ。失恋して酔った勢いで。

「……す、少し腰が……痛むかな……あとは……その、あそこが……ちょっと違和感が……」

「痛むなら言ってくれ。『治癒』魔法をかけるか薬を渡すから」

『魔法』か。彼が魔法使いというなら、ここで治癒魔法をかけてもらえば確証できるんじやないか？

「え、エリアスさん」

「エリアスでいい。他人行儀すぎる」

ちょっと寂しそうに言われて俺は申し訳なくなる。「さん」を取るくらいなんともないけれど、ちょっと恥ずかしい。

「じゃあ……エリアス……で、いい？」

エリアスが口角を上げて、うっすらと笑う。なぜか殊の外嬉しそうに見えて俺まで嬉しくなってしまう。きっと俺はエリアスのこと「好き」に偏っている。抱かれた弱みじゃなく。

単純だ。昨日までは先輩を想って泣いていたのに。

いや――それよりも、『魔法』なんて冗談の真相を確かめなくては。

「その、行為の痛みを……やっぱりこのままではキツくて……」

「わかった」

あっさり了承したエリアスは、片手を俺の腹にかざす。

何か歌のような呪文を口ずさむ――すると、かざされた腹がほんわかと温かくなってくる。

というか、俺の腹とエリアスの手の間にほんのりとした光が見える。

「えっ？　これって手品？　エリアスの手の平にライト隠してるとか……？」

今まであった軋むような痛みが軽減されていくのも信じられなくて、かざしている彼の手を掴み裏返す。けれど、小さなライトなんてどこにもない。

「マジかよ……本当に魔法使い？」

信じられない。疑い深いとは思うけれど、今起きたことに頭が納得していない。けれど、これが現実だとも、どこかで認めている。

ということは、ここは本当に異世界で――。

「冗談キツいって……」

俺は頭を抱えて、その場でしゃがみ込んでしまった。

「ハル？　大丈夫か？　頭が痛むのか？」

エリアスが心配そうな声を出し、俺を覗き込む。無表情だけれど、声は感情の起伏がある人なのでわかる。覗き込んでくるその顔があまりに麗しすぎて、あまり近づいてほしくないけれど。

アクアマリンのような瞳が綺麗で引き込まれそうで、異世界に来たことなんてどうでもよくなりそうだ。

いやいや、そんなこと考えている場合じゃない。

自分の世界へ戻れるか聞かないといけない。だって明日からまた出社だし。

そうだ。明日から一週間、先輩がいないんだよなぁ、新婚旅行で。

思い出したらズゥウン、と落ち込んできて、忘れていた頭痛までしてきた。

なりゆきでエリアスと一線を越えてしまったけれど、やっぱりまだ先輩のこと好きなんだと改めて思う。

なんて考えてたら、身体が宙に浮いている。

「――えっ⁉　どうなってんの？　これ！」

「ハルが具合悪そうだから、ベッドに戻す」

エリアスの手がベッドを指すと、俺の身体は宙に浮いたままベッドへ向かってゆっくりと移動する。

俺は、声にならない叫び声を出していたと思う。

「手品じゃない、魔法だ！　本物の魔法だ！　冗談じゃなかった！」

代わりに、こんなこと叫んでいた。

「ハル、頭が痛いなら安静にしていないと」

ベッドに戻された俺の頭を、エリアスは優しく撫でてくる。

これも治癒の魔法を使っているのか、痛みが和らいでいく。

「あと、水も飲もう。食事は果物とかさっぱりしている方がいいかな」

エリアスがサイドテーブルに置いてあった呼び鈴を鳴らす。するとすぐにメイド服を着た女性が部屋に入ってきた。

「食事の用意を。果物中心で消化のいいものを持ってきてくれ」

「かしこまりました。湯の用意はいかがしましょう？」

「今はいい」

「はい」と女性は頭を下げ、部屋から出て行く。

俺はその会話を見ただけで、言いようのない感動というものが湧き上がった。

物語の中に入ったような、いや、セレブな生活の一部分をこの目で見たというのか。

とにかく、そんな感じ。

色々なことが一気に押し寄せてきて、俺の頭は痛みとともにまだパニック状態だ。

とにかく飯を食べよう。そうして食べながらエリアスとこの世界のことや自分が元の世界へ戻れるのか、疑問点をぶつけてみよう。

お互いを知るのは、それからだっていいはずだ。

——そう決心したときだ。

「エリアス！」

と勢いよく扉が開いたと思ったら、小さな男の子がこちらに向かって走ってきた。

俺は、その子の容姿にもビックリした。

三～四歳くらいの男の子だが、本当に可愛い。

薄い色素の髪はフワフワで、大きな目はエリアスと同じアクアマリンの色。

外国の子供ってよくお人形みたいだって比喩があるけれど、そのまんま。

半ズボンにタイツを穿いて、大きな襟のついたシャツにサスペンダーという出で立ちだ。

男の子は躊躇（ためら）うことなくベッドにダイブしてきて、そのままエリアスに抱きついた。

そして、

「おはよう！」

と、元気な声で言うと、俺の方を向く。

キラキラと目が輝いてるよ……。これは何かを期待している目だ。姉の子が俺の持ってきた買い物袋を見て、好きなお菓子や飲み物が入ってるんじゃないかって思ってる目と同じだ。

しかし、こういう場面で俺は一体どういう態度をとればいいんだろう？

とにかく挨拶かな？　と「おはよう」と言ってみた。

するＡと、男の子は顔を上気させて元気よく、

「ハル、おはようっ！」

と返してくれた。うん、良い子だなぁと感心。

あれ？　俺の名前、知ってる？　昨夜会った？

思い出せないなぁ、と考えながらも男の子には笑顔を向ける。

そうしていたら、男の子は爆弾発言をした。

「エリアス、ハルは、ぼくの『家族』になってくれるんだね！」


――えっ？


「ハルは『ママ』？　それとも『パパ』？　どっちになるの？」

「……えっ？」

俺は男の子の発言に戸惑いながらも、エリアスの話を思い出し「あっ」と声を上げた。

『私と家族――そう結婚して夫夫になるため』

「そうだよ。『家族』と言ったんだもの。子供がいるかもと、考えるべきだった」

あれ？　いや……ちょっと待って。朧気(おぼろげ)に思い出してきた。

「……昨夜、会った……？」

思わず呟いた言葉に、男の子は明らかに反応した。

「おぼえてないの？」

さっきまで笑顔満載の顔が一気に萎れた。俺は大いに慌てる。

「い、いやね。お兄ちゃん、この世界に来たばかりなんだ！　それでちょっと混乱してて、今の状況がよくわかってないんだ。だからもう少し待っててくれるかな？」

「……ぼくがいるの、いやなんだ……？　子供ぎらいなんだ」

「いやいやいや！　違うって、そういう話を聞いてなかったものだから、お兄ちゃんビックリしちゃったんだ」

「アルビー、嘘じゃない、本当だ。でも酒の席だったからハルとちょっと意思の疎通が上手くいってなかった」

「そう、そうなんだ！　これから詳しい話をして詰めていくんだよ！」

アルビー。この子の名前はアルビーか。確かに聞いた気がする。酔っ払いながらも俺はこの子の頭を撫でた気がする。

そうしてアルビーと何か話して……。何を話したんだっけ？　思い出せない。とっても大事なことを約束したような……。

アルビーの身体が震え、締まっている口がプルプルと歪み始める。大きな目からは涙が溢れ出ていた。

うわっ、泣くぞ。これは泣くぞ。甥っ子姪っ子の面倒を見ていたからわかる！

「嘘つき……ハルの嘘つき……っ！　うわあああああん！」

そう言うとギャン泣きをしてしまった。

それに驚いたのはエリアスだった。俺を庇（かば）うように前に立ちふさがりながらアルビーを止める。

「アルビー！　止めなさい！」

「嘘つき！　嘘つきは《どうぶつになっちゃえ》！」

「……えっ？」

今の声、何？　ちょっと聞いたことのないアクセントだった。身体がビリビリと痺れるほどの。

俺の身体、光ってない？　光ってるよね？

あ、あれ？　視線が低くなってないか？　どうしてエリアスやアルビーを見上げてるんだろう？　エリアスはいいとして、さすがにアルビーを見上げるなんておかしくないか？

思いっきり顔あげてるし、俺。

あまり喜怒哀楽が浮かばなそうなエリアスの顔が、明らかに「しまった」という風に歪（ゆが）んでいる。

アルビーはあれだけ大泣きしていたのに泣き止んで、ビックリした眼（まなこ）で俺を見下ろしている。

小さくなってるんだろうか？　恐る恐る尋ねる。

「俺、一体どうなってる？」

「……すまん、ハル。アルビーがお前に魔法をかけた」

「マホー……かかっちゃった？」

アルビーも申し訳なさそうに肩を縮める。まるで「本当に魔法がかかるなんて思ってなかった」とでも言いたげに。

「魔法って、小さくなる魔法？　とか？　あははは っ」

俺はビジネス笑いをしながら自分の頭を撫で――違和感に気づく。

俺の髪の毛って、こんなにふわふわしてたっけ？

それに手。こぢんまりと感じる。

「……？」

自分の手をジッと見つめる。――肉球？

「？？？？」

見たことあるな、この手。

「あれ……？　これって猫の足に似てる……」

——まさか!?

ある想定に、俺の全身の毛が逆立った。本気で背中の毛があるかのようにざわざわと揺れている感覚に血の気が引いてくる。

「鏡……って、ありますか？」

エリアスは神妙な顔で頷くと、俺をひょいと抱き上げた。

ええ……っ？　抱き上げられてる？　俺って今、もしかしなくても小物サイズ？

「すまない、本当にすまない」

エリアスは呪文でも唱えるように謝りながら、俺を姿見の前へそっと下ろした。

姿見に映っているのは——黒猫だった。

短毛種で額に目印のように白い毛が小さく菱形（ひしがた）を描いている。

しかも、尻尾が二本!?

「ね、猫股!?　猫股がいる！」

思わず後ろへ下がると、鏡に映っている猫も後ろへ下がった。

俺は「まさか」と冷や汗を掻きつつ前へ歩いたりちょこんと座ったり、また顔をあらゆる方向へ向ける。

鏡の中の猫は、俺とそっくりそのまま同じ仕草をとる。

後ろで揺れる二本の尻尾……俺は恐る恐る後ろを見た。尻尾が俺の尻に付いていて、楽しそうに揺れている。

「……尻尾！　……というか、背中が毛深い！　いや、長い！　いやいや！　この格好でバッチリ見えるのっておかしい！　これじゃあ、猫じゃないか！」

そこまで言って鏡にへばりついた。

四本の足に肉球に猫の顔に尻尾に——俺なんだ！

「……猫になったのか？　俺……？」

「すまない、ハル」

エリアスに項垂(うなだ)れたまま謝罪される。

だらだらと冷や汗が滝のように流れる。猫のままってわけじゃないよね？

「元に戻れ……ますよね？」

「わからん……一般の魔法呪文ならすぐに解除できるが」

「が？」

「おそらく、アルビーが咄嗟に考えた呪文式だ。子供が考えた呪文式は解読するのが難しいんだ。子供自身もその場の閃きで作ることが多いし、覚えていないことが大半だ」

「……と、いうことは……？」

「すぐには……元の姿に戻れない、と思う」

エリアスの言葉に俺はコテン、と床に転がる。

「ハル！」

「ごめんなざあああああい！」

エリアスの焦った声と、アルビーの泣きながら謝る声がする。

俺はこの状況に対応できず、人生で初めて意識を手放した――。

二章　異世界で魔猫になってスローライフ中のはずです。

ということで――俺は今、城の塔のてっぺんにいる。

「ああ、いい天気だなぁ……」

雲一つ無い青空を眺める。

それから俺はピクピクと耳を動かしながら、四本の足をきちんと揃え、塔の屋根から眼下に望める景色に視線を移す。

見下ろせば芸術的に刈り揃えた樹木と、白色の石畳が並ぶ西洋庭園が広がっている。

そしてその向こうには、彩り豊かな建物が並ぶ美しい街並み。運河も見えた。

(あの建物、ええとルネッサンス風かなぁ……あれは古典主義っぽい建物だ……)

城の屋根の上から見る眺めは、別世界に迷い込んだ感覚になる。

「いや、迷い込んだんだよ」異世界に。ずぅぅぅぅうんと落ち込んでしまう。

「ニャー」と鳴かずに、そう呟いた。

鳴こうとすれば鳴けるけれど、それをしちゃうと自分が人だということを忘れてしまいそうだから、鳴かないと決めている。

「俺、いつになったら猫の魔法が解けるんだろう……」

卒倒した俺が目を覚ましたあと、エリアスがこの世界や国の話をしてくれた。

魔法が使えて『魔法科学』というものが発展している世界で、全能神フェローが司っているとのこと。

エリアスが俺の世界にいた理由(わけ)は、『人捜し』だという。

アルビーの母でエリアスの妹であるカロラは、フェロー神を奉(たてまつ)る神殿の巫女(みこ)だがある日、忽然(こつぜん)と姿を消し、それから三年経って忽然と現れたら子供を身籠(みご)もっていた。

それがアルビーだと。

生んで一年間エリアスの庇護(ひご)下にいたが、ある日また姿を消してしまったそうだ。

『妹は神力を授かっていて、フェロー神の世界の境界線を無意識に開けてしまう不具合が起きているのでは、と推測している』とエリアス。

……説明されても、正直よくわからないけれどな。

とにかく、自分の意思とは関係なく他の世界へトリップしてしまってるので、兄であるエリアスがまとまった休みをとって、あちこちの世界へ行き、妹を探しているとのことだった。

俺と出会ったときも妹を探しにやってきたけれど手がかり一つも掴めず、悄然（しょうぜん）としていたらしい。

そこへほどよく酔っ払った俺が話しかけて……という流れ。

そして——エリアスにはもう一つ、困っていたことがあった。

妹の子供であるアルビーだ。

エリアスは王宮魔法使いで、ほとんどは城で寝泊まりしている。アルビーはまだ幼く、母が恋しい年齢だ。屋敷に放っておくこともできず、王宮に連れてきているという。

四歳で既に自分の境遇をわかっているようで、ほとんど甘えることはないそうだ。

だが、たまに火が付いたように泣き、母を求めることがあるそうで、

「じゃあ、私と、私の伴侶（はんりょ）がアルビーの親になろう」

と、つい言ってしまったということだ。

アルビーは喜んで「いつ？　いつエリアスの伴侶が来るの？　いつぼくに、お父さんとお母さんが、できるの？」と毎日聞いてきて、すごく困っていたらしい。

「騙（だま）したわけではない、が……すぐに伴侶など見つかるわけはないし、契約を結んで結婚

してくれるような奇特な相手なんて、なかなか見つからないだろう？　それに『私』ではなく『アルビー』に重点を置いてくれる者でないと」

以前、エリアスの事情を知り契約婚を持ち込んだ者がいたが、相手はエリアスが狙いで、彼の目のあるときはアルビーを構うが、いなくなればアルビーのことなど放置して、好き勝手にやっていたという。

「『子供の面倒をみた経験がある』『もちろん、子供好き』の条件をつけて探していたのだが、異世界で妹を探しにきていたとき、出会ったのがハルだった。甥と姪の面倒をみているということと、私と結婚をしてもいいと言ってくれたことが決め手になった」

「俺、男だよ？　普通、女性を探さない？」

どうしてそこで俺を選んだのか、全くもって疑問だ。ホテルのショットバーで、一人で飲んでいた女性だっていたはず。

普通の感覚の持ち主なら、一人で飲んでいる寂しげな女性に声をかけるもんだろう？

エリアスは「女性なんていたかな？」みたいに視線を泳がせてから俺を見つめる。

「ああ、いた気がする。でも、あの場にいた人の中でハルが一番哀しい顔をしていたから、構いたくなったんだ」

「……っ」

そんなこと言われたら、胸がきゅんとするだろっ。

しかも妖艶な青年だぜ？　男女問わずフラフラしてしまうよ――俺がそのいい例だ。

俺は大失恋をしたあとで、心が弱くなっていたんだけど。

（だからって、酔ってたとはいえ身体を許しちゃったなんて……）

これでも俺は二十四年間、誰にも身体を許していなかった。もちろん異性にもだ。

欲求の解消のみのまぐわいは嫌で、心を許しあい愛しあう相手と繋がりたいなんて、乙女心のような感情を持っていたからその気がある同性に言い寄られても、決して頭を縦に振らなかった。

頑固だと言われても、自分の信念を曲げたくなかったんだ。

それがまさか――。

「相手が異世界の人だったなんて……」

俺は盛大なため息を吐きながら、猫股にされた日を思い出す。

アルビーが泣きながら一生懸命謝ってくれたし、小さい子供にショックを与えたのは俺だ。

だからアルビーを責めることなんて、できない。

『すぐにとはいかないが、必ず解除の呪文を見つけるから』

と、そうエリアスも励ましてくれた。

『うん、エリアスを信じるよ。それにこのままの姿じゃあ、会社に行けないしね。休暇だと思ってのんびり過ごすつもり』

なんて言って自分なりに気持ちの整理をしたはずだったけれど、ずっと猫股の姿だったらどうしよう――って、内心すごく不安で怖かった。

なるべく笑顔でいたけれど日が暮れ始めて夕日を見ていたら、なんだかすごく哀しくなって、エリアスのベッドを占領して寝たふりをして半泣きしていた。

ああ情けねぇ、泣くんじゃねぇって。エリアスを信じるって決めたじゃないか。

そうしていたら、

『ハル、ハル……！』

エリアスが身体を揺らしてきて、何だ？　って身体を起こしたら、目線が元に戻っていることに気づいた。

アルビーが気を利かせて手鏡を持ってきて、俺の顔を鏡に映したら人間の顔になってる。

『戻った⁉　も、もしかしたら一時的な魔法だった？』

俺は大喜びで、エリアスとアルビーを見つめた――けれど、エリアスは気難しい顔を崩さなかった。

『まだハルの身体に変身の魔法が巡ってる。一時的な解除だ……おそらく一日のうち、時間によってかかった魔法が薄くなるんだろう』

様子を見よう、というエリアスの意見に賛成し、その夜は一日部屋で彼と睨めっこをしていた。

エリアスの推測通り日が昇り始めたら俺の身体が縮み、猫股に変化してしまい大いにガッカリした。

それを三日三晩、朝晩逆の生活をしてデータを取ったエリアスは、

『アルビーのかけた魔法の術式に曖昧な部分があったのと、子供の生体リズムで夜に術式が薄くなって人間に戻る』

と、見解を話してくれた。

——要するに、猫股（猫系の魔獣は種類が多いそうだが、俺は自分のことをそう呼んでいる）に変身させられたけれど、子供のアルビーの生体リズムに従って、睡眠や身体を休める夜には人間の姿に戻るということらしい。

そういうことで——人と猫股の二重生活を送ることになったというわけだ。

まあ、一日中じゃなくて半分は人間の姿に戻れるとわかって、俺は少し安心した。

勉強をしていない子供がかけた魔法だから日が経つにつれて魔力が薄くなって、魔法が自然解除されるかもしれない、という明るい見通しをエリアスが話してくれたからということもある。

あとはエリアスの魔法の腕に頼るしかない。

（……うん、それはいいんだ。もう、腹は括ったし。……でも、でもさ。その、なんて言うかな……）

覚悟を決めて、このフェロー神が司る世界で生活するようになって二週間。

昼は猫。

夜は人間。

という二重生活に徐々に慣れてきているも、納得できないことが一つある。

（……夜の生活が……ない……っ！）

グッと前足で拳を握る……って猫の手だから握っているように見えないけれど。

（いや、こんなこと思っていたら俺は性欲の人じゃないか。そんなことはないぞ！　だって夫夫になるんだから、一緒に寝ているんだから、あってもおかしくない！）

俺も酔っていたけれど、エリアスのプロポーズを受けた。

酔っていたが男に二言はない！　結婚するつもりだ。

けれど一緒にベッドで寝ても「おやすみハル」と、腑抜けになりそうなほどの優しい声で俺の額にキスを落とすだけだ。

一緒にアルビーも寝ているということもあって、手を出してこないのかと思っていた。

しかしアルビーも、三日に一度は子供部屋で寝る。

(今夜はもしかして?)

心臓が胸から飛び出そうなほど鳴っている中、俺はまたエリアスにキスをされて――。

(抱きしめられたまま寝た……)

いや、気持ちいいよ?　それだけでも。

でも、でも……!

若い身体は正直なんだ!!

そこまで考えて、俺はズーンと落ち込んでしまった。

エリアスのことを百パーセント好きか、と聞かれれば答えは「NO(ノー)」だ。

まだ先輩への想いを引きずっているし、異世界へ来ちゃったし、半分猫生活だしと、自分はどう立ち回っていけばいいのかとか、心構えとか、決心とか、はっきりしない。

一番は『エリアスとアルビーの家族になる』ことに、俺はまだ悩んでいることだ。

酔った勢いでプロポーズを受けたという俺の動揺に、エリアスは気づいているんだ。

「……魔法のこと以外ポヤンとしていることが多いくせに……どうして相手の感情とか読み取るのは得意なんだか」

朝、寝ぼけてベッドから起きてそのまま壁にぶつかったり、お喋りしながら食事を摂っているとフォークに刺したサラダをポロポロ落としたり、仕事の書類を読みながらグルグルと部屋を歩いて、椅子を蹴ったり。

かと思えば、ボーッと空を眺めながら紅茶を飲んで口から逸れて溢したり。

あの美麗な顔でそういうドジすると「可愛い」とか思っちゃうなんて癪に障るけれど。

「……それに……」

——エリアスだって、きっと俺が好きでここに連れてきたわけじゃないんだし——

胸がキリキリと痛む。自分の心と身体の矛盾と彼への感情が複雑で、どう解決していいのか分からない。

思わず、人間のときと同じように髪をかき上げようと額に触れて「あ、今は猫だった」と前足に当たった耳から、そこにつけられたピアスに触れる。

このピアスは俺が何かあったら、すぐにエリアスが駆けつけることができるように付けてくれたものだ。

アルビーの耳朶にも色違いのピアスが付いている。俺は赤でアルビーは青だ。

多分、探知機のようなものなのだろう。

「……ちゃんと帰るって。俺にはエリアスの所しか居る場所がないんだし」

行動を監視されてるようで嫌だなぁと思う反面、「心配だから」って、エリアス自ら俺の耳にピアスを付けてくれたこそばゆさを思い出して、顔を赤らめてしまう。

長くて綺麗な指が俺の耳朶に触れて、たったそれだけのことなのに背筋がゾクゾクして、もっと他の箇所も触れてほしいなんて思った。

彼の指には、魅了の魔法でもかかっているのかな。

嫌じゃないいんだよなぁ……エリアスに触れられるのって。

俺、惚れっぽいのかなぁ、なんて空を見上げたらちょうど、鳥が頭上を飛んでいった。

くちばしの先が光っている。何か咥えていると目で追っていくと、鐘のある高い塔に向かって飛んでいった。

カラスみたいに、光る物を集める習性のある鳥かな？　なんて考えていたら、

「ハル、見つけた！」

と後ろからアルビーに捕まって、抱っこされてしまった。

そうだった！　俺、アルビーたちと隠れんぼうしてたんだった。物思いに耽りすぎてすっかり忘れていた。

「あ～あ、見つかっちゃったな。俺が最初？」

「ううん、リュネットだよ！」

そう言うとアルビーは、塔の屋根の上にいた俺を抱っこしたまま下に飛び降りる。

「ちょっ――!?」

さすが魔法使いの甥というべきだろう、基本は習ってなくても生まれついての才能で魔法が使えるアルビーは、地上に降りる五十センチ上で止まると、ふんわりと地に着いた。

ビックリして思わずアルビーにしがみついちゃったよ、子供に頼るなんて情けない。

というかエリアス、もうアルビーにちゃんと魔法を教えた方がいいんじゃないかな？　四歳のアルビーにはまだ早いというけれど、もう基礎は教えた方がいいと思うんだ。

うん、あとでエリアスに進言しよう。

そう決意してふらつきながらアルビーから離れた俺は、目の前にいる幼女に気づき、しゃん、と背筋を伸ばす。

そうだった、隠れんぼして遊んでいるのはアルビーだけじゃないんだ。

お人形みたいに整った顔立ちの可愛らしい女の子、リュネット様。

チェリーブロンドの巻き毛を赤いリボンで結んで、黄緑色のエプロンドレスっていうのかな？　それを着て、宝石のように輝く緑色の大きな瞳で俺を見下ろしている。

そう、俺が「様」付けで呼ぶのには理由があるのだ！

六歳でありながら品の良さを備えているこの女の子は、フィンセント国の第六王女様だ。

異世界で幼女だけど、まさか王女様と関わることになるなんて思ってもいなかったよ。

王女様に情けない姿を見せられない。幼女だろうと関係ないのだ。

「じゃあ今度は、リュネットが、ぼくとハルをさがして」

アルビーはリュネット様と幼なじみだそうで、お互いに「アルビー」「リュネット」と呼び合っている。

なんでも母親が同じフェロー神の巫女で、境遇が似ているところから親しくなったそう。

エリアスの甥だから王族にしたら臣下だけど、その辺りは子供だからと大目に見てくれているのだろう。

……それにしてもアルビーもリュネット様もキラッキラなお子様で、俺の目が潰れそう。

「リュネット、目をつぶって十かぞえてね」

アルビーが「こうするんだよ」と自分の目を両手で塞いでみせる。けれどリュネット様はムスッとした顔をして黙り込んでいた。

「どうしたんです、リュネット様。疲れちゃいました？　休憩しましょうか」

俺が気を利かせてもリュネット様は、拗ねた顔のままだ。

「……わたしがアルビーとハルを見つけるなんて、無理」

そうしてポツリと呟いた。

それは分かる。アルビーは魔法が使えるし、俺は猫股の姿だ。猫の俺は先ほどみたいに塔の上にひょいひょい登れちゃうし、アルビーは魔法で四歳としては考えられないような場所に隠れるかもしれない。

「安心してください。リュネット様が探せないような場所には隠れませんから。さっきは魔法が使えるアルビーが鬼だったから、塔の屋根の上に隠れたんです」

と俺。アルビーも、

「ぼく、リュネットが怖いところに、かくれたりしないよ」

そう一生懸命訴える。

「嘘。アルビーって、いっつも夢中になっちゃう！　わたしが無茶しないと、駄目なんだもん！」

「今日はしない！」

ああ、いつもリュネット様に無茶させてるんだ、とわかる俺。

「とにかく、イヤ！　もう隠れんぼうなんて飽きた！　違う遊びをしたいの！」

「始めたばかりなのにぃ」

「イヤなものはイヤなの！　お姫さまごっこがいいの！　アルビーがお姫さまを助ける勇敢な騎士の！」

「……いつもやってるのに」

今度はアルビーがふてくされる。

「今日はハルがいるじゃない。ハルにわるもの役をやってもらうの。ね、いいでしょ？ハル」

「構いませんよ」

俺は甥っ子姪っ子の世話でよく『悪役』を演じている。慣れたものなので了承する。

「ぼく……お姫さまごっこ、あきた……」

アルビーはポツリと反対する。

「どうして？　いっつも楽しそうに騎士やるのに？」

「今までは『騎士になってもいいな』って思ってたの。……でもぼく、エリアスのようなマホー使いになりたいって思ったの」

まあ、とリュネット様は頬に手を当てて驚いて見せた。こういうのって小さい子がやると可愛いよね。

「なら『魔法使い』にしましょう？　杖を持ってどんな敵にもおそれずに戦う『魔法使い

アルビー』よ！　姫をさらった『わるものハル』をやっつけて、わたしを助けて！」

女の子って想像力逞しいよな。あっという間にストーリーを創っちゃったよ。

それでもアルビーは納得できない様子だ。口を尖らせてそっぽを向いてしまった。

それを見てリュネット様もムッとしてしまう。

険悪なムードに、ここは大人として俺が仲裁に入るべきだろうと口を挟む。

「アルビー、何か嫌な理由があるんだろう？　話してごらん」

アルビーは言いづらそうにむにゅむにゅと口を動かしていたが、痺れを切らしたリュネット様が先に口を開いた。

「はっきり言って！　そんなんじゃ、魔法使いにも騎士にもなれないからね！」

うわぁ……きっついこと言うなあ。

「リュネット様、もっと優しく……」

なんて助言したら、アルビーがキッと目をつり上げてリュネット様に食ってかかった。

「いつもリュネットがお姫さまなんだもん！　つまんない！　ぼくがどんな役をやったって、いつもいつもリュネットが『わるものにさらわれたお姫さま』でしょ。ほかのお姫さまがいい！」

――うわぁ……アルビー、それ言っちゃ駄目なやつ。

リュネット様は、瞬く間に大きな緑の目を潤ませて口をフルフルと震わせる。

「ほ、他のお姫さまがいいだなんて……っ！　アルビーのうわきもの！」

わっ、と泣き出すとリュネット様は、王宮に向かって駆け出す。

「待って！」

慌てて俺は回り込んで引き留めるも、ギロリと迫力のある目で睨まれてしまう。

「ハルのせいだから！　ハルなんかどこかへ行っちゃって！」

それだけじゃなく恨み言まで叫ばれてしまい俺、撃沈(げきちん)。

リュネット様は泣きながら王宮の中に入って行ってしまった。

逆恨みされたような気がするが、とにかく一刻も早く仲直りをしてもらわないと。

アルビーの所まで戻る。アルビーは頬を膨らませて拗ねたままだ。

「アルビー。さっきのリュネット様に言ったことはいけないよ、それはわかる？」

そう問いかけても、アルビーはふくれっ面のままだ。

「もしリュネット様に『いつも騎士とか魔法使い役はアルビーばっかり。アルビーじゃない人と遊びたい』って言われたら、哀しいだろう？」

優しく諭すと、アルビーは膨らませていた頬を戻してシュンと項垂(うなだ)れた。

アルビーはまだ四歳だ。こう話しても納得するか賭けだったけれど、わかるようでよかった。

「……ぼくも、イヤ」

「だろう？　リュネット様に謝れるな？」

コクン、と頭を縦に振ったアルビーの足を俺は前足でポンポンと優しく叩く。

本当は頭を撫でてやりたいが猫股の姿なので、いかんせん尺が足りない。

アルビーは聞き分けがいい。それはエリアスが仕事のときはいつも誰かに預けられていて、自然に「大人のいうことは聞かなくちゃ」と思っている。だから大人の俺の説得に我が儘を言わない。

四歳なら本当は、癇癪を起こして泣きわめいてもおかしくないだろうに。

今、俺は猫股の姿だけど元に戻ったら、抱きしめて思いっきりギュウしてあげよう。

「俺の前では我が儘を言ってもいいんだよ」って。

三章　えん罪をかけられたり嫌われたり、かと思えばしつこくされたり

この二週間でリュネット様の部屋までの道のりは、ばっちり覚えた。

もちろん、王宮仕えをしているエリアスの個室の場所もばっちり。

王都にある俺が最初連れて来られた屋敷は、エリアスが休暇のときにしか利用しないそうで、それ以外は王宮に住まいを置いている、というわけだ。

なので俺も、アルビーと一緒にエリアスにくっついて王宮に住んでいる。

しかし――すっげぇ広いんだよ、王宮。東京ドーム一個分は余裕にある。

俺たちが住んでいる場所は王宮でも北の端っこ。渡り廊下を通った先にある円柱の塔が職場。ここは『魔法研究所』と呼ばれていて、王宮に仕える魔法使いや魔法の研究者が働いている。その研究所の隣りに、俺たちが寝泊まりしている寄宿舎がある。

それからリュネット様の部屋は王宮の南側――国王陛下とその家族が住まう場所だ。

アルビーとリュネット様は、ほぼ毎日一緒に遊んでいて、朝になるとリュネット様のお

使いの者が寄宿舎までやってきて『リュネット様がお呼びです』と伝言を伝えに来るわけだ。

リュネット様からしたら、アルビーも『臣下』なわけで。わざわざ王女様がこっちに出向くことはないのだ。

呼び出しを受けて俺とアルビーはえっちらと東京ドームほどの広さの端から端までの距離を歩き、リュネット様の部屋まで行くわけ。

……脚力つくわ、これ。俺の世界の四歳児なら途中で「疲れた～、抱っこ」とその場でしゃがんでしまうはず。さすがアルビーは慣れたもので、息切れしないで軽い足取りで歩いて行くもんな。

猫股の俺、コンパスが狭いので最初はゼーゼーしながらアルビーについていった。

憐れに思ったのか、アルビーに途中から抱っこされてました。

今は……朝はアルビーに。帰りは迎えにきたエリアスに抱っこされています。

猫にはきついって！

それはさておいて——。

アルビーと二人（ここは匹じゃなくて人、にしといて！）

中庭からリュネット様の部屋に出向く。

「……あれ？」

リュネット様の部屋と思われる扉が大きく開いて、そこを使用人たちが忙しく行き来している。遠目からだけど、皆緊張した面持ちだ。

「何かあったのかもしれない」

「うん」

俺が言うとアルビーも真剣な顔をして駆け出したので、俺も続く。

なんだかんだ言ってもアルビーはリュネット様が心配なんだろう。友情を感じるよ。

部屋を覗き見すると、リュネット様が母妃様に抱きしめられ泣きべそをかいている。

周囲では「もっとよく探して」「そっちは探した？」「部屋にいた侍女はいないの？」なんて言葉が飛び交ってる。

「……ぼくのせいで泣いてるんだよね？」

「違うことで騒ぎになってるようだよ。とにかく、話を聞こう」

俺は萎れてしまったアルビーを促し、部屋の中へ入っていいか侍女さんに尋ねた。

母妃様とリュネット様が俺たちに気づいた。まあ、扉が開けっぱなしだしね。

俺を見た途端、リュネット様の顔が険しくなった。

そして俺を指さし、

「猫！　その黒猫！　わたしのブローチを口にくわえて、どっかへかくしたの！」

と叫んだ。

——えっ？

「いったい、なんの話？」

思わず素で聞いてしまった。周りから悲鳴が聞こえる。

そうだった。リュネット様のお付きの侍女や母妃様は俺のことを知ってるけれど、その他大勢のこの場にいる使用人たちは俺のことは初見だった。

注目を浴びた猫が喋ったら、そりゃあ驚くわ。しかも尻尾が二つあるし。

「——って、思ってる場合じゃなくないか？」

周囲を屈強な兵士に取り囲まれて、一人ツッコミを入れる俺。あくまでも一匹じゃない。

「その魔物を捕らえよ！」

偉そうな男が号令をかけると兵士たちがワッ、と俺に襲いかかってきた。

咄嗟にアルビーを抱っこして安全な場所に避難させる兵士さんグッジョブだが、感心している場合じゃない。

「わわっ！」

俺は条件反射でピョンと上にジャンプすると、兵士の束を超えて着地した。

「何？　何？　何なの？　何で俺を捕まえようとしてんの？」

「大人しくしろ！　この泥棒猫が！」

と、体勢を整えた兵士たちが群がるように再び俺に襲いかかってくる。

泥棒？　泥棒って？　――俺、何か悪いことした？

これは誤解だ。そうに決まってる。リュネット様は何か誤解している！

俺は兵士たちの手をかいくぐりながら、一生懸命に話しかける。

「誤解ですよ！　何も盗ってませんよ！　さっきリュネット様の部屋の前に来たばかりですって！」

「魔物が何を言うか！」

「魔物じゃないって！」

そう訴えても聞く耳持たずの兵士たちは、代わる代わる俺を捕らえようと飛びかかってくる。俺はそのたびに身体を捻ったり跳んだりと回避する。

「やめて！　やめて！　ハルはなにも盗ってないよ！」

アルビーも泣きながら説得してくれてるけど、「子供の言うこと」と真に受けていない

顔満載の兵士たち。

「くっそおっ！」

俺はこの場から逃げるが勝ちと、ひとけのない空間をめざし廊下を走る。

「魔法使いを呼べ！　それから結界魔法だ！」

偉そうな兵士が怒鳴る。

——魔法使い！　そうだ、エリアス！　エリアスに助けを求めよう！

ここは魔法がある世界だ。尻尾が二つあるだけの、何の力もない猫股の俺が逃げ切れるわけない。

「エリアス、エリアス！　大変な誤解で俺、捕まりそうなんだ！　助けてくれ！」

耳に付けたピアスに向かって助けを求める。声に反応したのか、キラリとピアスが光った気がした。

「——ぶっ」

いきなり見えない壁に顔ごと突っ込んだ。なんだ、これ？

高級そうな赤い絨毯(じゅうたん)が敷かれている廊下のど真ん中で、俺は透明な壁に遮られて先に進めなくなってしまった。

後ろ足で立ち上がり、前足で引っ掻いてみる。やっぱり壁がある。どういうこと？

「ふっ、結界に遮られたことが分からんとみた――捕縛しろ！」

これ、結界なのか！　集まった兵士の中に魔法を使える奴がいるってことか。魔法って何でもありだな。

「うわっ！」

感心する時間も与えてくれない兵士の猛襲（もうしゅう）に、俺はとうとう捕まってしまった。

「よし！　捕まえたぞ！　網か袋を持ってこい！」

「ちょ、ちょっと待って！　乱暴しなければ逃げないから！　俺の話を聞いて！」

「魔物の話など信用できるか！」

麻袋の中に入れられちゃう。遠くでアルビーの泣き声が聞こえて、俺はますます焦る。

――エリアス！

目をギュッと瞑って俺は彼の名を呼んだ。

「ハル」

耳元でエリアスの声が聞こえてドキン、と胸が大きく跳ねた。

同時に、無骨で乱暴に扱う手から、滑らかで丁寧に扱う温かな手の中にいることに気づく。

首を思いっきり後ろに向けると、アクアマリンの瞳と出会った。

「エリアス……！」

名を呼ぶと、目を細めながら口角を僅かにあげて微笑んでくれる。

俺の声に応えてくれた。ピンチを脱した。

嬉しくて身体をぐるんと捻ってエリアスに抱きついた。

「俺、リュネット様のブローチを盗んだ疑いがかかって……！」

「うん、そうか」

わかっている、エリアスはうなずいて、無表情な顔を兵士たちに向けると口を開いた。

「この子……ハルは訳あって猫の魔物の姿だが、元は人間で私の恋人だ」

どよ……と兵士たちだけでなく、集まったメイドや使用人たちがざわめく。

ええと、どよめいたのは俺が元は人間だからかな？　それともエリアスの恋人宣言かな？

俺や周囲に構わず、エリアスは淡々と話しを続けていく。

「彼は人としての理性もあるし、最近はずっと私の甥とリュネット王女の遊び相手をしていた。彼が手癖が悪かったならとうに盗みを働いているだろう？」

「し、しかし、油断させようと今まで大人しくしていたのかもしれません！」

隊長っぽい兵士がエリアスに敬語を使ってる。そうかエリアスは王宮魔法使いの中で一番偉い人だもんな。この兵士よりずっと立場が上ってことだな。主任と幹部みたいなものかな。

「私は、ハルの無実を信じている」

エリアスはきっぱりと皆に言い放つ。

――エリアス。

信じてくれてる。俺は嬉しさのあまり目がウルウルした。

そんな俺にエリアスはまた微笑んで頭を撫でてくれた。

俺、猫撫で声を出して、エリアスの手の平に頭を擦りつけた。猫っぽい仕草をしないよう気をつけていたけれど、我慢できない。

だってエリアスの気持ちが凄く嬉しくて、猫股である今の俺は、こうするしか彼に感謝を表現できない。

「さて――ハルの無罪を証明しなくてはな」

そう言って俺を抱っこしたまま、リュネット様の部屋へ向かった。途中立ちつくしていたアルビーの小さな手をきゅっと握ると、安心させるよう微笑む。アルビーも泣きはらした目でにっこりと笑った。

普段無表情だからこそ、この笑顔が勇気と安心を与えてくれるんだ。

リュネット様の部屋へ入ると、真っ直ぐに彼女の元へ歩いて行く。

リュネット様は眉を寄せたまま母妃様に抱きつく。

何か言いたげに母妃様が口を開いたけど、エリアスは「大丈夫ですから」と浅く頷いて見せた。

俺を下ろし、アルビーから手を離すとエリアスはその場に膝を突く。リュネット様と同じ目線になるためだろう。

「リュネット王女、どうしてハルがあなた様のブローチを盗んだとお思いで？　そう思う理由があるのでしょう？　それとも、ハルがブローチを盗んだところを見たのでしょうか？」

そう、なだめるような口調で尋ねる。

「……見た、もの。黒猫がブローチを咥えてたの！」

そう大きな声で言うと、母妃の胸に顔を埋めるリュネット様。

そんな甘えた風な娘の行動に思い当たる節があるのか、母妃は集まった兵士や使用人たちを下がらせた。

そうして、なだめるように娘に話しかける。

「リュネット、お母様に本当のことをお話して？」

「しらない、しらないもの！　ハルが悪いんだもの！」

「どうしてハルが悪いの？」

「……アルビーを、わたしから取ったんだもの！」

「じゃあ、ブローチはハルが盗ったのではないのね？」

母妃様の胸に顔を埋めたリュネット様からグス、グスンとすすり泣く声がもれてきた。

母妃様はリュネット様の頭を撫でながら、エリアスと俺に謝罪する。

「ごめんなさい。リュネットの嘘で振り回してしまって……」

なるほど、と俺は理解した。後ろめたいことをやると、隠れたりする子いるよね。

リュネット様の場合は、この行動がそれなんだ。

甥っ子が物壊したりすると、押し入れの中に入っちゃうのと同じ原理だ。

「うん！」とアルビーが声を上げると、リュネット様に近づき母妃様と一緒に頭をなで始めた。

「ハルは、ぼくのお父さまか、お母さまになる人なんだよ。だから心配しないでっ」

「えっ？」とリュネットが顔を上げ、俺とエリアスを見つめる。母妃様も一緒だ。

ああ……そんなにビックリしないで。この世界でも同性同士って珍しいってこと？

その疑問にツッコミたいけれど、まだ問題は解決していない。

「けれど、リュネット様のブローチが無くなったのは本当のことですよね？」

と俺。リュネット様と母妃様、そしてこの場に残った侍女が頷く。

「それを見つけないと……」

エリアスが呟きながら立ち上がる。俺はその姿を見つめながら——見惚れてないからな、ただ憂い顔の彼もいいって思っただけだからな！

顔が赤くなってもわからない黒猫でよかったと思いながら、エリアスの向こう側の窓を見て俺は目を大きく開く。

「もしかしたら……鳥じゃないか？」

俺の閃きに皆一斉に窓の外を見上げた。


隠れんぼの途中で、光る何かを咥えて白い塔に向かって飛んでいく鳥を見かけたと話すと、母妃様が目撃情報を収集し始めた。

一時間も経たずに「鐘楼に巣を作っている鳥がよく、光る物を咥えている」と情報が入る。

そこからは早かった。兵士が鐘楼に登り鳥の巣を見つけ、そこに入っていたブローチを見つけた。

鳥が巣に集めた光り物のうち、実は鐘撞き人が金になりそうなものを失敬していたそうだ。

集めていたはずの光り物の数が減って鳥はまた一生懸命集めて、集めた物を鐘撞き人が漁って失敬して――を繰り返していたそうで。

当然、王都警備隊に通報しなかったとして鐘撞き人はお縄になった。

鳥の巣は別の場所に移されたんだ。なんと場所は魔法研究所の側にある、一番背の高い樹木。

アルビーとリュネット様は「巣を壊したら可愛そう」と兵士たちに懇願して、そこに移してもらったのだ。

鐘撞き人に盗られた鳥の宝物（鳥も人から盗ったんだけどね）の代わりに使い物にならなくなったスプーンや光る石など巣に入れてあげた。

鳥も満足そうに鳴いているところを見ると、引っ越し先も新しい宝物にもご満悦らしい。

アルビーとリュネット様も仲直りしたし、俺の存在も王宮中に広まって「魔物だ」と捕まることもないだろう。

一件落着――といいたいところだけど……。

ブローチ窃盗えん罪から、さらに二週間。

「よっ、ハル。いつもの所へいくのかい？」

王宮の料理長に声をかけられた。

「はい。リュネット様とアルビーが昼寝したので」

東の間の休憩。俺はいつものように魔法研究所に向かう。

エリアスが仕事をしているところにお邪魔するのも、毎日の日課になった。

昼間猫になってから一ヶ月。そろそろ俺も進捗（しんちょく）が心配になってきてるし、何か手伝えることがないか研究所に出向いている。

「猫の手だって借りたいときがあるはず！」と勇（いさ）んで行ったら、役に立てたのは「手」ではなく「尻尾」だったという。

俺の二本の尻尾で円を描くようにクルクルするとなんと――電気玉が発生することがわかったんだ。

この電気、魔力が含まれているそうで、魔法器具を動かすのに有効利用できるとかで。

へぇーすげぇー、よく分からないけど。ってことでこうして電気玉を渡すためにアルビーとリュネット様のお昼寝タイムを狙って、エリアスの所へ行くわけ。

さっき話しかけてきたのは、料理長。この時間は料理人たちも休憩中で、外でくつろいでいる前を通っているうちに、気さくに話しかけてくるようになった。

まあ、会話はいつも同じ台詞なんだけどね。

けれど、今日はちょっと違った。

「――あっ、ハル。今は裏道通っていけよ、例のお方がいるから」

俺は獣道というか垣根の中を通って行く『裏道』と正規の道を通っていく『表道』の二つのルートを使っている。

『表道』というのは当然、人が通るために整備された道で、幾つかルートに枝分かれてしている。

その一つが重臣が利用できる庭に続いていて……俺は、思わず溜め息を吐いた。

「……わかりました。ありがとうございます」

「おう、見つからないようにな」

俺は頭を下げると、すぐに垣根の中へ入った。

――あれは十日ほど前だ。

仲直りしたアルビーとリュネット様と三人で、鬼ごっこをしていた。

二人が鬼で俺が捕まる役だけど、端から見たら『狩り』でもしているのかという状況だった。

俺の尻尾グルグルと華麗な動きで興奮した二人は、甲高い声を上げながら俺を捕まえにきた。

もちろん、お子様。特にリュネット様の体力に合わせるように調整したよ？

けれど先祖の狩猟の記憶を思い起こしたような二人の動きと興奮ぶりに、俺もちょーっと本気を出してしまった。

いやぁ、リュネット様も魔法を使えるじゃないか！　ヤバいよ英才教育！

運動神経を上昇させる魔法というのか、それで俺の猫ジャンプを超えるジャンプをしてくるし。

リュネット様、本気モードで途中から乗馬服に着替えてきたからね？

『アルビー！　ハル、そっちへ追い込むね！』

『うん、わかった！』

玩具の矢が飛んでくる。それも十本くらい。これリュネット様一人で一気に矢を放ったって信じられる？　信じられないでしょ？　王女教育ってこんなのやるの？　マジ？

追い詰められる兎の気分になって、俺は逃げ回る。

アルビーはアルビーで、網のような魔法を繰り出して俺に向かって投げてくるし。

『やっぱりちゃんと魔法教えようよ！　エリアス！』

殺気立っているお子様二人に追いかけられる俺を、王宮で働いている皆さんは微笑ましく見守っている。

これ……微笑ましい場面？

自問自答したけれど、答えが出るはずもなく。

二人のヤバい興奮度に思わず本気モードで逃げたけれど、捕まった方がいいかなと思い、スピードを緩めたときだった。

目の前に、洒落たドレスを着て日傘を差している夫人がいた。

慌てながらも、足を止める俺。

「し、失礼しました！」

俺はササッと夫人に道を譲る。

表情をそぎ落とした顔で俺を見下ろしていた夫人は「にゃぁ」と怪しげに笑った。

その笑顔に怖気立った瞬間だった。

「ギャア！」

俺は痛みに跳ね上がる。夫人はヒールの踵で俺の尻尾を踏みつけてきたんだ。

しかも、ギリギリと踵を地に擦るように動かすものだから痛み倍増。

それからまた大騒ぎだった。

それを目撃したアルビーとリュネット様が泣きながらその夫人に抗議し、俺の叫びに何か事件が起きたのかとエリアスが飛んできたり——と、ハチャメチャな一日だった。

その女性の名はモーラと言って、王弟ディミトリの奥さんだった。

腹立つから呼び捨てだけど、モーラは大の猫嫌いで視界に入る猫は消し去りたいほどだそうだ。

そんな自分の前に猫が現れたのだから痛い目に遭うのは当然で、嫌なら姿を見せなきゃいいと反論してきた。

いや、嫌いというより『猫憎し』という感じだったし、あの目は『痛い目に遭わせてやろう』という気満々だった。

嫌いなくせにわざわざ尻尾の近くまで寄ってきて、踏むのって悪意を感じるよ。

しかも王弟のディミトリも自分の奥さんのしでかした事を俺に謝罪するんじゃなくて、エリアスに謝罪だから余計に腹立つ。

——まあ、その一件で『自分のことを歓迎していない人間もいる』って実感湧いたから、『王弟妃モーラ一派』という派閥には近寄らないようにしている。

その一件を知っている料理長は「あのお方」と言って、避けるように忠告してくれたわけだ。

コツコツと石畳を歩くヒールの音と、香水の匂い。

――きた、モーラだ。

俺は垣根の中で立ち止まり、息を潜める。

モーラは気づかなかったようで、そのまま歩いて行く。側付きの侍女にも用心だ。

足音が遠ざかり聞こえなくなったのを耳を動かして確認。表通路に出て全速力で研究塔へ向かった。

研究塔は円柱の形で五階建てだ。

「こんにちは」

俺は一階の窓口にいる女性に声をかける。この女性も魔法使い。要するに魔女だ。

まだ見習いで、少女らしいあどけない笑顔で俺を出迎えてくれる。

「いらっしゃい、ハルさん。今、開けますね」

そういっていかにも重たそうな扉を開けて、中へ誘導する。

「エリアスは一階？」

「はい、いつものようにハルさんをお待ちしていますよ」

ありがとう、と礼を言ってトコトコと進む。いつもの台詞だけど、これだってコミュニケーション。大事だよね！

なんだか営業の仕事が懐かしくなってきた。「これぞ俺の天職！」っていうわけじゃなかったけど、仕事から離れていると、忙しく営業回りしていた頃が懐かしく思える。

まだ一ヶ月だけどさ……。

――先輩ももう、新婚旅行からとっくに帰ってきてるよな。

心配してるだろうな、と胸が痛む。けれど、猫股のままじゃあ帰れないもの。

――エリアスの仕事に貢献して、猫股の魔法を解いてもらわないと！

俺は勇んで、一階の研究室の扉を前足でカリカリしながら「エリアス、来たよ」と名前を呼ぶ。

「ハル、ご苦労様」

扉が開いた先に、エリアスの笑顔がある。いつも無表情だけど、こうして出迎えてくれるときは表情を崩してくれるから嬉しい。

俺に会えるのが嬉しいのかなって、胸が熱くなるんだ。

さっきまで先輩のこと思い出して胸が痛かったのに現金だ。

「じゃあ、また頼む」

「うん、任せて」

滑稽な器具が並んでいる科学研究室のような室内の一角まで行って立ち止まると俺は、クルクルと二つの尻尾を回す。

するとと小さな丸い光が生まれ、そこからどんどん大きくなっていく。

パチパチと音がし始めたら俺も「もっと大きくなれ、もっとバチバチ鳴れ」と念を込める。

うなりが出てきて、輝きが増してきたら頃合いをみてエリアスが合図をくれる。

そうしたら俺は尻尾を回すのを止めて、二本の尻尾で包み込むようにして動力器具に塡められている楕円形の石の前に行き、できた電気玉をそっと石に触れさせるんだ。

すると、スゥ……と溶けるように吸収してしまう。これで俺の仕事は完了だ。

「ご苦労様、ハル」

「いえいえ、これしきのこと」

とこれもいつもの会話。たったこれだけの会話だけど、長い付き合いをしてきたカップルみたいで、ちょっと面はゆく感じてしまう。

ここでいつもお茶の時間になるんだ。エリアスはドライフルーツが好物で、絶対にかかせないおやつとしてメニューに入っている。

俺は冷たい飲み物と軽食——子供がやんちゃなので喉カラカラだし、小腹が空くんだよね。

エリアスが俺を抱き上げて腕の中に。

「今日はフルーツサンドが運ばれてきたのだが、ハルは好き？」

「俺、好き嫌いないから平気だよ。むしろそんな洒落た物食えるなんてラッキーだよ」

それはよかった、とエリアスがはにかんだ。なんかいちいち可愛いんだよね、エリアスって。

「エリアスも一緒にたべるだろ？　フルーツサン——っ!?」

突然エリアスの腕の中から引っ張り出された。

誰だよ？　ってビックリしたあと、そいつの顔を見て俺は半目になる。

「いよぉっ、ハル！　一昨日ぶりだな！　元気してたか？」

騎士団長のトリスタンだ。

ごつくて大きい手に抱っこされた俺は、後ろ足をぶらぶらされる。

さすが騎士団長を務めるだけあって、体型はでかくてごついし、声まででかい。

麦色の髪を短く刈り上げていて、俺の世界にいたらアメリカンフットボールの選手かな？　なんて思う。

最初、エリアスから紹介されたとき、

——騎士団長ぉぉぉぉ！　すげえ、本物初めて見た！

なんて感動したけれど、あまりの無遠慮さに早速苦手対象になった。

だってさ……

『おっ？　男だな！　立派なもんつけてるじゃないか！』

って抱き上げられて、俺の下半身の相棒（あいぼう）を見て指でツンツンしてきたんだぜ？

「今日も元気そうだな！　何より何より！」

と言いながら今日もまた、俺の相棒を突っつこうとする。

「ふざけんな！　変態が！」

俺は後ろ足でトリスタンの顔に蹴りをいれるけど、顔面も鍛えているのか痛がる様子を見せないどころか喜んでるよ。

「離せ、下ろせ」と剣呑（けんのん）に言ってもガハハと笑って離してくれない。いい加減爪を立てようと思っていたところで、エリアスがトリスタンの手から引き離してくれた。

エリアスが自分の腕の中に俺を収める。

「ハルが嫌がってる。ふざけるのもほどほどにしろ」

氷の刃のような声音でトリスタンに注意をする。

トリスタンはひくついた口で謝罪してきた。

「いや、すまなかった！　猫好きな俺の悪意無き戯れだとわかってくれ」

「お前の猫好きはわかった。だが、ハルは元々成人した人間だ。お前の戯れは相手にとっては恥辱にすぎない」

そうだそうだ！　とエリアスの意見に頷く俺。

「もっと言ってやってくれ」なんて茶々を入れたら、チュッと唇にキスが落とされた。

「それにハルは私の恋人だ。勝手に触らないでくれ」

いきなりの恋人宣言に俺は顔を熱くする。黒い毛皮でわかりにくいけど。絶対、赤くなってる。

ヒユウ、とトリスタンが口笛を吹いた。

「お熱いね～！　わかった。ハルの許可なしに抱っこするのは止めよう！」

「ハルだけじゃない、私の許可も必要だ」

エリアスが眉を寄せムッとしながら言った。

――あのエリアスが怒ってる？

実は最初の夜以来、恋人らしいことをしていない俺たち。

何もしないで過ごす夜が当たり前になってきていて、「きっとエリアスは俺との婚姻を考え直してるのかも」と寂しい想いを募らせていた。

だから夜はぐっすり眠れるように、昼間はアルビーたちと思いっきり遊んでいる。

今、こうしてエリアスが俺にキスをしてくれて、そして怒ってくれてとても嬉しくなってしまう。

「わかったわかった。今度からそうしよう」

トリスタンは肩を竦め、フルーツサンドを一つ取って豪快にかぶりついた。

行儀が悪いなあと思いつつも、いつもはテーブルの上に座って食べるんだけど、今日は違う。

エリアスがトリスタンに警戒して俺を膝の上に乗せて、彼の手からサンドイッチを食べ紅茶を飲んでいる。

まさか自分のせいだと気づかずに、その様子にトリスタンは顔が緩みっぱなしだ。

「俺も『あーん』してえ」とエリアスに頼むが、エリアスは鋭い眼差しを見せるだけだった。

――これは。

――これは、エリアスは本気？

――俺のこと、本気なのかな？

——改めて、聞いた方がいいよね？

だって俺、エリアスに触れられているの、すごく嬉しい。

ここにきて一ヶ月経って、だんだんと自分のいた世界と先輩のことを思い出す時間も減ってきていた。

忘れてはいけないと無理矢理思い出しているけれど、エリアスとアルビーと三人でいる時間がとても楽しくて、充実していて「ずっとこうしていたい」って強く思うようになってきたんだ。

反面、たった一ヶ月で心変わりしている自分に落ち込んだりもするけれど。

でも、その理由だってわかってる。

いつもアルビーを挟んで食事をして、団欒をして、就寝してなんだけれど、今後のことや今の自分の気持ちを話し合いたい。

「あ、そうだ。エリアス、今年の祭りはどうする？　もちろん行くんだろう？」

ガツガツとおやつを食べていたトリスタンが、思い出したようにエリアスに尋ねてきた。

「お祭り？」

異世界のお祭り？　俺は耳をピクピクさせてしまう。ワクワクした心に反応してしまう素直な猫股の耳だよ。

「一週間後にフェロー神生誕祭があるんだ。アルビーも楽しみにしていてね、その日は私も休みを取って祭りを楽しむんだよ」

「へぇ～、どんなことやるの？　屋台とか出る？　花火は上がるのかな？」

「屋台はいつも出てるから……でも祭りは別格だ。屋台一つ一つ飾り付けるし、出てる店の数も多い。花火は上げないな、代わりに夜に天灯を空にあげる」

「天灯かぁ！　俺の世界にもあるんだよ。他の国だけど」

想像すると楽しそうで、尻尾がフリフリしてしまう。

俺の尻尾を見て触りたそうにウズウズしてきたトリスタンに気づき、慌てて止めたけど。

そんな俺の様子を見て、エリアスがフッと笑う。

ううう……大人気なかったかな。猫股になってるときって、どうしても感情に身体が引っ張られてしまう。野生に戻ってる感じ。

「今までは、俺のまとめる騎士団たちと祭りに参加してたんだよ、エリアスとアルビーは。でも今年はハルもいるだろう？　昨年同様に俺たちと祭りを楽しむか？」

そうなんだ。騎士団たちと一緒に、か。

トリスタン並みの筋肉男が、十数人固まってゾロゾロと練り歩く祭り――想像すると暑苦しいな。

「天灯作りもそろそろ始めないとならない。いつもアルビーを誘って作るんだが、ハルも一緒に作るか？」

トリスタンの誘いに俺は、エリアスに視線を投げた。

エリアスは顎に手を当て、考えながら口を開く。

「そうだな……久しぶりに私も作ってみようか。ハルとアルビーと私で作るから、今回は遠慮しておこう」

「わかった」とトリスタンもすぐに頷く。

「じゃあ、さっそく材料を揃えないと」

「材料なら騎士団から持っていけ。たくさんあるから」

トリスタンが気前よく言う。

「では業務時間終了後に、アルビーとハルを連れて取りに行く」

「ああ、いつもの訓練区域の倉庫だ。俺がいなくても部下がいるだろうから、伝えておく」

エリアスとトリスタンの会話はサクサク進んでいく。互いに慣れた者同士の会話だ。

ちょっと羨ましく思ってしまう。俺よりも二人の歴史は長いのだろうと分かるから。

加わりたいけれど、今は猫股だし王宮（ここ）に住んでから一ヶ月ほどで決められた場所と限られた人間関係しかない俺は、『訓練区域』とか『倉庫』とか言われても位置がわからない。

──ちょっと疎外感。

「じゃあな、ごちそうさん」

トリスタンが椅子から立ち上がり、俺の頭を撫でていく。

「マジ、猫扱いなんですけど」

「人に戻ったハルも、同じように撫でてやるから心配するな」

「迷惑です」

ハッキリ拒絶すると、トリスタンは「がははは」と笑いながら研究所から出て行った。

見送っていると後ろからエリアスに頭を撫でられた。

「業務時間が終わったら一旦、部屋に戻るからアルビーと待っててくれ」

「了解」

トリスタンと違ってエリアスに頭を撫でられると、えらく気持ちがいい。

喉がゴロゴロと鳴ってしまう。

「楽しみだな、天灯作るの」

俺はニカッとエリアスに向けて笑うと「ああ」とエリアスもはにかむ。

表情のない顔が僅かに崩れる──その瞬間が俺は好き。

トリスタンに対しては見せない表情で、俺は特別を感じていた。

俺のこと、大切に想ってくれているんじゃないかって嬉しくなってしまうんだ。

四章　貴方に告げたい

「今年はエリアスとハルと僕で作るの？」

「うわーいっ！」とはしゃぎながら、アルビーは何度も確認してくる。

「ほんと？　ほんとだよね？　ぜったいだよ？」

陽が沈んで人の姿に戻った俺とエリアスは、アルビーの言葉に何度も頷き、手を繋いで歩く。

エリアスと俺の間にアルビーがいて、小さな手を繋いで目的の倉庫へ向かっていた。

「お祭りは？　お祭りもエリアスとハルとぼくの三人でいく？」

「そうだ。今年は三人で行くつもりだよ」

エリアスが答えるとアルビーはまた「うわーい！」と、ピョンピョンとジャンプした。

着地した拍子にバランスを崩して後ろに倒れそうになったけれど、俺とエリアスで手を繋いでいたのでひょいと起こしてやる。

それが楽しかったのか「あはは」と笑いながら、また後ろに倒れようとするアルビー。その度にひょいと二人で合わせて起こしてやるけれど、何度目かでエリアスが、

「ほら、もうおしまいだ」

と制した。

「え～？　もういっかい、もういっかいだけ！」

けれど、アルビーは珍しく駄々を捏ねた。

実はこれ『腕ブランコ』といって、下手すると子供が脱臼しちゃう危険があるから、あまりやらないほうがいいんだよね。大人の腕に子供がぶら下がって……という方が一般的。

それを知ってか、ちょっと眉尻を下げて困ったように俺に視線を投げてきたエリアス。

「じゃあ、ラスト一回だよ。それでおしまいね。男同士の約束」

「おとこ同士の！　うん！　ぼくはおとこだもん！　約束はまもるよ！」

急にシャンとした言い方で誓うアルビーに、エリアスも表情を緩め、

「では、最後の一回だ」

と、俺と合わせて「せーの」でアルビーを二人で腕ブランコをする。

アルビーは子供らしい笑い声を出して、約束を守った。

ちょうどのタイミングで訓練所に到着する。

　こぢんまりとした競技場があり、その横に運動場。そして運動場をぐるりと回った先に厩舎が見える。

　そしてその横にある木造の建物に俺たちは向かって行った。そこが倉庫だという。

　しかしほんと、広いな。一つのテーマパークの中を歩いている気分だ。

　馬の鳴き声を聞きながら、俺たちは木造の建物に入る。

　中は作業用の大きな木製のテーブル数台に、同じく木製の背もたれのない椅子数脚。

　倉庫、というより作業をする場所として設置されたように感じる。

　テーブルの上に、これまた大きな色紙が何枚も重ねて置いてある。

　円に整えられた竹細工。この国に竹があるのは発見だ。

「よっ、来たか」

　外からトリスタンが声を掛けてきた。

　人の姿の俺を下から上までジィッと見つめてきたかと思いきや、ガッカリしたように溜め息を吐く。

　そういえば、元の姿の俺と会うの初めてだったな。

「……エリアスの言った通り、人の姿になるんだな……」

「こっちが本来の俺ですから」

「猫ちゃん」と、寂しく呟きながら目頭を押さえるトリスタン。

「そんなに猫好きなら、飼えばいいじゃないですか」

「実家に行けば三匹いるんだが、今は寄宿舎生活だし、遠征やらで留守にするのが多いから飼えんのだ……」

　切なく言うので、それ以上文句も言えなくなってしまった。

「トリスタン、どれをもらっていったらいい？」

　エリアスが、輪っかに整えられた竹細工を弄りながら尋ねる。

「それは未完成の骨組みだぞ。完成品は倉庫の裏で今、作っている。その油脂紙はできてるから、好きな色を持って行けよ」

　油脂紙はアルビーに好きな色を選ばせて、小屋を出て裏に。ちなみにアルビーの選んだ色は赤だ。

「組み立てる前にね、ここにね、願い事を書くんだよ」

と、アルビーが俺に説明してくれる。

　裏では数人が輪っかにした竹細工にまた十字に竹を組んでいる。中央に光源を固定させる箇所を作っているんだそうだ。

「ここの中央に油を染みこませた紙を固定させるんだ。そこを燃やす」

エリアスが説明してくれる。

俺たちはトリスタンに礼を言って、天灯の材料を持って帰宅する。

材料を部屋に置いて、寄宿舎の一階にある食堂で、三人夕食を摂った。

アルビーは天灯作りを早く始めたいのか、食べてもソワソワして落ち着かない。

「アルビー、天灯を作るのは明日からにしよう。ランプの明かりだけでは作りづらいからね」

エリアスの言葉にアルビーは、分かりやすくガッカリした。

「エリアスのマホーでお部屋を明るくすればいいのに……」

「明日からでも十分に間に合う。丁寧に作りたいだろう？　明日は私も午後に戻ってくるから、そのとき一緒に作ろう」

エリアスが早く帰ってくることにアルビーは嬉しいのか顔を綻ばせたけれど、やっぱり今夜から作りたいという思いが強いらしく、フォークを持ちながら下を向いて足をブラブラさせている。

「三人で一緒に作れば、すごく良いのが作れちゃうかもよ」

「うっ、う〜ん……」

「それに、今日のアルビーはたくさん遊んで、たくさん歩いたから、ご飯食べたらすぐに寝ちゃうんじゃないかなぁ？　眠いの我慢して作ったら、良いのできないと思うな」

「うううううう～ん、夕ご飯少し、のこしたら、お腹いっぱいでねないと、おもうの」

「え～？　アルビーは、このウインナーさんもハムさんも、マッシュポテトさんも残すの？　ご飯作ってくれるおばさん、一生懸命アルビーが『たくさん食べて大きくなりますように』って作ってくれたのに、哀しくて泣いちゃうんじゃないかな？」

なんてわざと大きめの声で、食堂のおばさんたちに聞こえるように話したら、

「えっ？　アルビーちゃん、残すのかい？　おばちゃん哀しいよ～」

「アルビーちゃんが美味しいっていつも綺麗に食べてくれるから、おばちゃんたち張り切って作ってるんだけどなぁ」

シクシク、と嘘泣きをはじめた。嘘泣き過ぎて大根役者だけど。

「ほら、アルビー。おばちゃんたちを哀しませたら駄目だ。それに、わざと食事を残したら私だって哀しいぞ」

エリアスも参戦してきて、とうとうアルビーは頷く。

「わかったよ～。ちゃんとたべるね。だから、約束よ？　エリアス、お昼にはもどってきてね。お昼ご飯も、一緒に食べてね？」

「ああ、約束だ」

はっきり頷いてくれたエリアスに安心したのか、アルビーもパアッと明るい顔をしてウインナーを口に入れた。

「よかったな、アルビー」

「うん！　よかったから、今日は早く寝るんだ！　そうすれば早く朝がくるもん！」

アルビーの言葉に、俺もエリアスも顔を見合わせて笑った。


アルビーは夕ご飯をいつものように綺麗に食べきって、食堂のおばちゃんたちに盛大に褒められて、自慢げな顔で部屋に戻る。

それからいつもは部屋についているシャワーで済ますんだけど大浴場に行き、三人で背中の流しっこをした。

この世界にも風呂があるのは大変にありがたい。最初は気兼ねしてシャワーで済ませていたんだけど、やっぱり風呂文化のある日本人の「湯船に浸かりたい！」という欲望に抗えなく、俺は毎日入っている。

その辺はエリアスとアルビーは違うみたいで、シャワーで十分らしい。

だから今夜みたいに三人で一緒に風呂って初めてで、すごく珍しいことなんだ。

「も～！　エリアス、背中、おおきいよおっ！」

なんて文句を言いながら、一生懸命に背中を洗ってあげているアルビー。

「アルビーだってあと十年もしたら、エリアスくらいになるよ」

俺は、アルビーの小さな背中を洗ってやりながら励ます。

「よし、じゃあ今度は私がアルビーの背中を洗ってやろう」

と、後ろを向いて交代する。けれど俺の背中を見たアルビーが悲鳴を上げた。

「ずるい～！　またおおきい背中洗わなくちゃいけないの～!?」

そうか、俺とエリアスの真ん中に座ってるんだもんな、アルビーは。どっちを向いても広い背中があるわけで。

「そうだな、では私とアルビーの場所を交代しようか。アルビーは背中以外の身体を洗っていなさい」

エリアスが提案すると、大人の背中を洗うのに飽きたのか「はーい」と、アルビーは即答する。

——と、なると、俺の背中をエリアスが洗ってくれるわけで……。

「じゃあ、ハル。背中を洗うぞ」

「は、はい！」

海綿の柔らかな感触が背中にあたり、弧を描きながら滑っていく。

海綿って俺の世界にもあるけれど、使ったことがなかった。柔らかくてアレルギーが起こりにくいから子供に優しい。

何度も使えるので多少お高くても買ってるって姉貴が話していた。こっちでも日用品として売ってるんだなって感心していた。

……

…………

……………

なんて、違うことを考えて誤魔化していたけれど、やっぱり無理だ！

エリアスの手が時々、直に俺の背中にあたる。

そのたびにゾクゾクして、下半身まで震えてくる。

きっとエリアスはそんな気、ないはずだ。だってここは大浴場。アルビーだけでなく他の男たちだっているんだから。

だからきっと俺の身体が過剰に反応しているだけで、エリアスが欲情してイヤらしい触り方をしているんじゃない。

「洗い方が弱いか？」

「……あ、そ、そうですね。もうちょっと強くしてもらっていい？」

「わかった」

力が加わったのがわかる。少し、性的な感覚がなくなってホッとする。

でもエリアスに背中を流してもらっていると思うと――やっぱり下半身がゾクゾクしてしまう。

これ以上は駄目だ。ここで俺の相棒が起立したら大注目されてしまう。

「あ、ありがとう。もういいよ」

「いいのか？　ハルは力の籠もった方が好きなようだから、物足りなかったのでは？」

いや、その言い方。意味深に聞こえるからヤメテ。

「そ、そうだ……！　エリアスの背中、流してあげるよ。アルビーだと届かなかった場所があったんじゃない？」

後ろ向いて、とエリアスに振り向いて、俺は顔だけでなく身体まで赤くしてしまった。

久々に、エリアスの裸を見てしまった。

魔法使いっていつも引きこもって、あまり外に出なさそうなインドア派の印象で、身体もそう鍛えていなさそうだけれど、エリアスの身体はすらりとしてほどよく締まっている。

細マッチョまではいかないけれど、余計な肉のない、均整のとれた体付きだ。

ついつい、股の付け根にある物をも見てしまう。

——いかん！　ここは男同士、無邪気に爽やかにいこうではないか！

「ハル？　身体が赤いぞ？　のぼせたのか？」

「い、いや……っ！　平気だ、あっ、アルビーは？」

ずっと大人しく身体を洗っているアルビーが気になり、エリアスの身体に隠れるように座っているアルビーに視線を向けると、大変なことになっていた。

アルビーは髪も洗っていたようで、モコモコモコと泡立った石けんが頭だけでなく、顔や身体にもついていた。泡人間!?

「あ、アルビー！　石けん使いすぎ！」

「ハル〜、エリアス〜、目ぇ、あけられないよ〜」

「目、目を開けるんじゃないぞ！　今、湯をかけるから」

「海綿！　海綿を絞って！　目に当てて！」

慌てふためきながら、俺とエリアス二人でシャワーをアルビーにかける。

床が泡だらけになってしまい、流すのに苦労した。


そのハプニングですっかり疲れてしまった俺とアルビーは、部屋に戻ったらすぐにベッドの住人となった。

ぐっすりと眠ってしまい、起きたのは夜明け前。まだ人の姿を保っていられる時間だ。

俺は、寝ている二人を起こさないようにベッドから出ると着替える。

「ハル、起きたのか。早いな」

アルビーを挟んだ向こう側で寝ていたエリアスも、もそもそと起きる。

寝起きのエリアスは目をシバシバさせながら、顔を擦る。

「まだ寝ていていいよ、ちょっと散歩してくる」

起こしてしまったかな？

まだ日が出るまで時間があるはずだ。いつも朝起きると猫股になっているから、こういう時間に何かしないと、もったいない気がするんだ。

「私も行く」

寝ぼけ眼で着替えるエリアスも、アルビーを起こさないよう気をつけている。

アルビーはまだ夢の中だ。むにゃむにゃチュッチュと口を動かしながら幸せそうに寝ているのを見て、ほっこりしてしまう。

「お待たせ、行こうか」

声を落として俺に話しかけてきたエリアスと二人、そっと扉を閉め、寄宿舎の外へ。

まだ陽が昇らなくても完全な闇ではなく、薄ら暗い光景に変わっている。

俺とエリアスは、近くにあるハーブ園を散歩コースに選んだ。

俺の世界では見たことのないハーブはもちろん、馴染みのあるハーブもある。

「薬効のあるハーブを集めて、こうして栽培しているんだ。もちろん、調理の際に使用できるハーブもな」

「へぇ……、猫股視点から見るのと違った趣があるよ」

俺は前屈みになってハーブの香りを嗅いで「ん？」と首を傾げてしまう。

「どうした？」

「いつもより香りが薄く感じるなって思って」

と、そこまで言って思い出した。

「……猫股の姿で嗅いでるからだった」

苦笑いした俺を見てエリアスは口角を上げたけど、すぐに神妙な顔をする。

「ハル、すまないな。なかなか魔法を解くことができなくて……魔猫の姿は辛いか？」

「大分慣れてきたよ。大丈夫」

俺は首を横に振って、エリアスにおどけてみせる。

「まあ……本当は、早く魔法が解けて昼間も人の姿でいたいけれど……特にトリスタンの前だとね」

「そうだなぁ、トリスタンがあれほど猫好きとは私も知らなかった」

エリアスも眉を寄せ、複雑そうな顔をした。

「……トリスタンとは、いつもどんな話してるの？」

つい聞いてしまい、「しまった」と俺は「いやいや」と両手を振る。

この言い方だとトリスタンに嫉妬している感じじゃないか！

「ごめん！　聞き方悪かったよね。エリアスの友人に対して……！」

エリアスはポカンとした顔で、俺を見つめている。

「もしかして、嫉妬してくれているのか？」

「──っう」

俺の顔が一気に真っ赤になった。

「そ、その、ちょっと気になってさ！　エリアスって物静かなほうだろう？　だから逆のイメージがあるトリスタンと、どう仲良くなったのかなって！」

「あいつとは同期で、私が今の地位になる前に遠征や討伐の際によく組まされたんだ。それでだ」

「そ、そうなんだ……あ、あの……」

エリアスが話しながら俺に近づいてくる。それがやけに追い詰められている感覚があって思わず後退りしてしまう。

「エ、エリアス……？　――っ!?」

後退も虚しく、俺は前から彼に抱きしめられてしまった。

一度、ギュッと抱きしめられてから数度、腕の位置を変えてより密着した体勢になる。

うわぁ……！　嬉しいけれど、急で心の準備が！

きっと俺は今、顔だけじゃなく身体も茹だって赤くなってるに違いない！

胸もドキドキと速い脈を打っていて、きっとエリアスに聞こえている。

「こうして抱きしめていたいのは、ハルだけだ。……信じてくれるか？」

「……エリアス」

俺ったら、駄目だなぁ。

短い間だけど、エリアスと暮らして彼のこと、わかってきている。

彼は表情も薄いし、あまり多くは語らない。けれど、俺やアルビーを見る眼差しはとても優しくて愛情が込もっているの、気づいている。

アルビーと三人でいる夜はとても静かで穏やかで、安心できる。

俺は今のこの環境も、三人でいる生活も、とっても好きなんだ。

――それをエリアスに告げないといけない。

エリアスはエリアスなりに、こうして俺に愛情を示してくれた。

彼だけに任せてはいけないよ、俺だっていい大人だし、エリアスが好きだもの。

意を決してエリアスの背中に腕を回す。

エリアスは一瞬、肩をひくつかせて顔を上げ、俺を見下ろす。

すごく近くに彼の顔があって、俺は恥ずかしくて彼の首元に額を付けた。

でも恥ずかしくたって応えないと。背中に回した腕に力を籠める。

「疑ってないよ、エリアスのこと。一緒に暮らして、わかってる」

「ハル……」

ギュウ、と俺を抱きしめるエリアスの腕にまた力が込もる。

けれど、苦しいわけでも痛いわけでもない。むしろ気持ちがいい。

伝わってくる――彼の俺への想い。

嬉しいな。

出会いから数時間後に身体を重ねてしまって、気持ちが追いつかない仲だと思っていた。

違うんだな。

エリアスは、俺と出会ってすぐに愛してくれていたんだ。

会ってからの時間とか関係ないんだな、人を好きになるのって。

「エリアス、俺……」

言わなきゃ。

「エリアスの傍にいたい」って。「アルビーと三人で暮らしたい」って。

「俺……っ」

顔を上げて、エリアスの顔を覗いたときだった。

急に彼の顔が遠のく。身体が縮まっていく。

エリアスの肩の向こう――太陽の光が見え始めていた。

「日の出だぁ……」

俺の身体はあっという間に猫股の姿に。

エリアスの腕の中には、猫の俺と今まで着ていた俺の服が。

同時、

「うわーん！　ハルぅ、エリアスぅ、どこぉ！」

と、泣き声が聞こえた。

「いけない、アルビーが起きた」

甘ったるい雰囲気も、俺の告白も途中で終わり、俺とエリアスは駆け足でアルビーの元へ向かったわけだった。

アルビーも早く寝たせいか、起きるのが早かったらしい。

泣いているアルビーを慰めて、落ち着いたのでそのまま朝食を摂る。

エリアスは、

「今日は部下たちにこれからのことを指示をして、終わったら戻ってくる。午前中には済ますようにするから、天灯作りはそれまで待っていてくれ」

そう俺たちに告げ、仕事場である隣の魔法研究所へ行った。

……告白しそびれたな、次こそ、だな。

と一人、決心をしてアルビーと部屋へ戻ると、洗濯物を出す。

洗濯してほしい物を桶の中へ入れて、部屋の番号を書いた紙を木のクリップに挟んで、寄宿舎の指定された場所に置いておくんだ。

そうすれば、洗濯係の人たちが回収に来て洗濯してくれる。

洗濯物は、寄宿舎に住んでいる人たちだけが出すわけじゃないから大変な量なんだろうなと想像するとブルーになるけれど、そこは魔法がある異世界！　魔法で桶の中に水と洗剤入れて風魔法でグルグル回して洗濯するらしい。洗濯機の要領だよね。

……まあ、全部一緒に洗濯されてしまうので、一張羅は外しておいたほうがいいとエリアスから聞いている。

それからまだ時間があったからアルビーと部屋の掃除をして、(といっても猫股の姿なので雑巾掛けくらいしかできない)飲み物を飲んでまったりしていたら、いつものようにリュネット様の侍女がやってきた。

「あっ! ぼくリュネットに『今日はあそべない』って言うの、わすれてた!」

アルビーが「どうしよう、どうしよう」とグルグル部屋を駆け回っているのを見て、侍女は「ほほ」と笑いながら俺に手紙を渡してくれた。

「リュネット様からです。本日からしばらくは遊べないそうで、お手紙をお渡しするよう申しつかりました」

と、恭しくお辞儀をして帰って行った。

リュネット様からの手紙は、封筒からしてお姫さま使用でビックリだ。金の唐草模様が縁取りしてある封筒で、「これ売ったらいい値段になりそう」なんて、せこいこと考えながら封を切って便せんを出したら、女の子らしい白の花模様の紙でホッとした。

でも、なんて書いてあるのか俺にはさっぱりで、アルビーに読んでもらった。

「『きょうから、フェローしんの、おまつりが、おわるまで、あそべません。ごめんね。でも、うわきしちゃ、だめですからね』って、かいてある」

「そうか、アルビーは文字が読めてえらいね」

「でもさ、ハル」

「うん？」

「『うわき』って、なあに？」

読めるけど、意味はわからなかったかー。

「他の女の子を好きになったらいや、という意味かな」

「そっかー。ねえ、おへんじ、かいたほうがいいよね？　エリアスは、一回はかいたほうがいいって言うの」

「そうだね。まだエリアスは帰ってこないから、リュネット様にお手紙書こうか」

というわけで、アルビーはエリアスの書斎のテーブルから便せんと封筒を持ってきて、食卓で書き始めた。それを見守る俺。

「ええと……『おてがみ、ありがとう』で『わかりました』で『おまつりがおわったら、あそぼうね』で『うわきはしません』で、いいかなあ？」

「……いいんじゃないかな？」

と、苦笑い。

アルビーは何度か綴りを失敗しながら、一生懸命書いて、書き終わったタイミングでエリアスが帰ってきた。

「アルビー、手紙を書いていたのか」

「うん！　リュネットからお手紙もらったの！　だからおへんじ！」

と、言いながら便せんを封筒に入れると「はい」とエリアスに渡す。

「リュネットに送って！」

エリアスは頷くと、二本指を立て何かの呪文を唱えた。

すると、手紙は鳥の形に変化して天井を旋回しはじめた。

エリアスが窓を開けると、鳥に変化した手紙は窓から飛び去ってしまった。

「うわぁ……すごい。鳥の姿でリュネット様の元にいくんだ！」

俺、興奮して二つの尻尾をブンブン振り回してしまう。気づいてすぐに止めたけど。

あ、そういえばとエリアスとアルビーに尋ねる。

「リュネット様のところには、エリアスのように送ってくれる魔法使いはいないの？」

「リュネット様にも他の王女や王子のように、七歳になったら専属の魔法使いや護衛が付くはずだ」

じゃあ、今六歳だから来年か。

「アルビー、よかったな。エリアスが魔法使いで」

「うん！」

アルビーが自慢げに鼻を膨らませて頷くのを見て、俺とエリアスは笑った。

それから食堂に行って昼食を三人で摂ってから、さっそく天灯作り。

後は、油脂紙を折れ線にそって折って、竹の模型に貼り付けて完成なんだけれど、組み立てる前に火袋になる油脂紙に願い事を書くそうだ。

油脂紙だと普通のインクじゃ書けないんじゃないかな？　って思ったんだけど、ちゃんとそれ用のインクがあるんだって。

魔法科学が発達しているこの世界は、エリアスのように異世界へ行ける魔法使いがいる。その魔法使いたちが他の世界から持ち込んだ『便利グッズ』を、この世界で利用できるように開発するのだそうだ。

今から使うこのインクもその一つ。

アルビーは細い筆にちょんちょんとインクをつけると、慎重に文字を書いていく。

先ほども言ったように、俺はこの世界の字は読めない！

「かけた！」と額の汗を拭うアルビーにさっそく、なんて書いたのか尋ねることにした。

「アルビーのお願い事は何？」

「『ハルとエリアスとぼくが家族になれますように』ってかいた！」

と、超笑顔で俺に教えてくれた。

「そうなんだ」

俺も笑顔で応え、猫の前足でアルビーの頭を撫でた。

横目でエリアスを見ると、ちょっと困っているような笑みを浮かべている。

そうだよな。俺がちゃんと言わなきゃいけないんだ。

「大丈夫、アルビー。その願いは叶うから」

俺は、そう断言した。

俺の台詞にエリアスは、すごく驚いたのだろう。アクアマリンの目を大きく開き、ジッと俺を見つめている。

彼の目が、キラキラ輝いているように見えた。

――もう一つ、視線を感じる。

アルビーだ。アルビーも目をキラキラさせて俺を見つめている。

けれど、そこはさすがお子様だ。

「フェロー神さまが、かなえてくれるんだね！　やったあ！」

と、大喜びで俺を抱きしめてきた。

「よかった！　よかったねハル！　よかったねエリアス！」

そのままエリアスに飛び込んでいく。

「そうだな、よかった。フェロー神様が、さっそく願いを叶えてくれて」

エリアスはそう言いながら、飛び込んできたアルビーと俺を抱きしめる。

「うん！　あした、楽しみだな！　屋台でいろんなの、いっぱい食べて、それでおゆうぎとか、劇とか見て、夜になったら天灯をとばそうね！」

それから一日中アルビーは大興奮でいたけれど、一緒に一生懸命に天灯を組み立てた。

日が暮れる頃、天灯が出来上がり、あとは明日の夜まで乾かすだけだ。

「こわしちゃ、だめよ！　ええと、お部屋のおくにおいとくの。まどの近くだと風とか鳥にこわされちゃうもん」

「わかったわかった」

アルビーの必死な言葉に、エリアスは満面の笑みを浮かべて応える。

アルビーだけじゃなかった。エリアスも終始機嫌が良い。

天灯が出来上がる頃に人に戻った俺は、二人のはしゃぎ具合に照れくささを隠せないままだ。

俺たちはこんな調子で夕ご飯を食べて、風呂に入って三人川の字になって仲良くベッドに入る。

興奮してずっと喋り通しだったアルビーは、ベッドの中に入ってもずっと俺とエリアスに話しかけていたけれど、急に静かになったと思ったら寝息をたてていた。

「……子供って突然寝るな。アルビーを引き取るまで全然知らなかった」

エリアスがアルビーの寝顔を見ながら呟いた。

俺も同じように真ん中で眠るアルビーの顔を覗く。

「うん、限界まで頑張っちゃうんだろうね」

「今日は、特にそうだっただろうな。……私もそうだったから」

ずっとアルビーを眺めていたエリアスが、顔を上げて俺を見つめる。

ずっと穏やかな表情を浮かべていて、その様子から俺の言った台詞がよほど嬉しかったのだとわかる。

俺も、アルビーはもちろんだけど、エリアスがこんなに喜んでくれるなんてって、すごく嬉しい。

「ハル……」

アルビーの頭の上からエリアスが腕を伸ばしてきた。

俺も同じように腕を伸ばし、エリアスの手に触れる。

触れた指先は少し冷たくて、でも触れていくうちに温かくなっていって、互いに手の平を重ね、指を絡める。

エリアスの熱がじんわりと伝わってきて、気持ちがいい。

「ハルの手のひらの体温が気持ちがいいな」

エリアスが囁く。

「俺も今、そう思っていたところ」

どちらからともなく上半身を起こし、俺たちは唇を重ねた。

五章　天灯を見上げながら

そして——とうとうフェロー神祭当日！

朝から快晴で、ドンドンと重い音が鳴る。大砲を鳴らしているようだ。

運動会開催の合図より大きい音だな。

慣れっこになってしまって、伸びの仕方も猫そのもの……。

「ハル！　おはよー！」

アルビーも起きて、ベッドから飛び降りる。

「おはよう、アルビー。エリアスは……まだ寝てるか」

エリアスが珍しく朝寝坊だ、と思ってたら、そうでもないらしい。

「エリアスはお休みの日は、いっつもお寝ぼーなの」

と、アルビーは「いつものこと」と、静かに着替えをしている。

そうなんだ。

……って、俺がこっちの世界にきてから、ちっとも休みを取っていなかったってことだよな？

「やっべぇ……気づかなかったよ、俺」

労働基準法ってどうなってるんだろう？　この世界は？

「アルビー、エリアスはいつも、週にどのくらいお休みを取ってるんだい？」

「ううんと……あんまりとってないよ。あのね、おかあさまを探すときにまとめて取るから、いつもは取らないんだって」

アルビーの話に「そうか」と俺。

「お昼ごろにはおきるよ、ごはん食べにいこっ！」

慣れっこなアルビーはそう言うと、タオルを持って俺を洗面所に誘う。

「そうだな。ご飯食べて、散歩にでも行くか？」

「食べたらさきに、まちのお祭りにいこう？」

小首を傾げて「お願い」ポーズをするアルビー。

か、可愛い。こやつめ、可愛い仕草でアピールするなんて。

だけど、ここで「うん」とは言えない。

「だめだめ。昨日約束したよね？　『三人で行こう』って。エリアスが起きるのを待ってに浮かべながら飯を食う。
美味いし、ありがたいけれど、「早く人間になりたい」と某アニメのキャラの台詞を頭
細かくしたハムや冷ましたパン粥を出してくれる。
アルビーと一緒に食堂で朝ご飯。おばちゃんたちも慣れたもので、猫股になった俺用に
渋々だけど素直に納得してくれてよかった。
「は〜い」
よう」

するると、

「ハル、アルビー」

と、エリアス、起きるの、はや一い！」

「エリアス、起きるの、はやーい！」

おはよう、を言う前にアルビーが驚いて声を上げた。

よほど嬉しかったんだろうな。椅子から立ち上がってエリアスに飛び込んでいったもの。

「起こしてくれればいいのに」

とエリアスが言いながらアルビーを抱き上げ、椅子に座らせる。

「『お休みの日は昼まで寝てるって』アルビーから聞いたんだよ。疲れているようだし、そ

れまで寝かせておいてあげようって」

「そうだよっ、エリアスはいつもそうでしょっ？」

アルビーが援護射撃。エリアスは肩を竦めながら苦笑する。

「今日は祭りだからね。しかも三人で初めての祭りだから、私も楽しみにしていたのだが……いつもの癖で寝坊してしまったな、すまない」

「いいって。祭りは丸一日、明日までやるんだろう？　さすがに夜の一大イベントまで寝ていたら叩いても起こすけど」

「そう、そう。たたいて起こすよ。ぼくは乗っかっちゃうからね」

俺とアルビー、ニヤニヤしながら阿吽（あうん）の呼吸で言うと、エリアスが顔を緩めて笑う。

「それは怖いな、起きてよかった」

顔が綻んでくすぐったそうに笑うその表情が俺には堪らない。思わず見惚れてしまう。

「食事、取ってくる」とエリアスはアルビーと俺の頭をクシャリと撫でて、カウンターに行った。

その『クシャリ』が、すごくくすぐったくて温かくて、じんわりと胸に沁みるんだ。

朝ご飯を食べたら、さっそく街へ！

フェロー神を奉るお祭りなので、神様を敬うため花を一輪ずつ持って行く。

俺は茎を短く切ってもらって口に咥えたけれど、喋れないことに気づく。

悩んでいると、エリアスが一緒に胸ポケットに入れてくれた。

「ごめん、ありがとう」

「いや、構わないさ。話しながら歩き回りたいしな」

エリアスの言葉に俺、ジーンとしながら「うん」と応えた。

今、人の姿を取れたなら、手を繋いで歩いて行けるのになぁと残念でならない。

「まずは中央の献花台のところまで行って花を捧げるんだ。祭りを見るのはそれから」

「なるほど」

中央は噴水広場らしい。噴水の傍に大きな献花台が設置されている。中央の水が噴き出す部分に男性の姿を象った彫刻があった。

「彫刻の男性がフェロー神様？」

「そうだ。全てを司る全能神だが特に『繁栄』『繁殖』『発展』『愛』を司るといわれていて、それを願う人は多い」

「そうか……『愛』か」

思わず口に出してしまう。ハッと気づき、なんとなく恥ずかしくなってしまった。

けれど、

「そう、『愛』だ」

と、エリアスが俺に向かってそう微笑んでくれて、見つめ合ってしまう。

「『愛』なんだね」

「ああ、『愛』だ」

いつもは、こんなこと言わないのに。なんだか『愛』という言葉をすごくエリアスに言いたい。

こうして見つめ合っていると互いの気持ちが確認できるようで、嬉しくて何度も『愛』を囁きたくなってしまう。

「もう……っ！　いこーよ！　お花ささげたでしょっ？」

アルビーがエリアスの服を引っ張って、良い雰囲気は終了。

「そうだな、どこへ行きたい？」

エリアスは俺を抱き上げ、アルビーの手を引く。

「んんとね……。紙しばいみたい！　あ、にんぎょうげきでもいいな！　かっこいいお話のやつ！　それから、しゅわしゅわする、あっまいもの、飲みたい！」

「『しゅわしゅわ』って炭酸水のこと？　あるの？」

「あるよっ、あのね、しゅわしゅわの、湧き水があるの！　それに溶かしたお砂糖とか、果物しぼった汁とか、いれてのむの！」

おおおお、天然の炭酸水ということか。

「あとね、あとね、果物をチョコでくるんだやつ！　それとドーナッツ！」

「甘い物ばっかりだなぁ、アルビーは」

思わず笑ってしまう俺。

「えへへ」とアルビーは舌をペロッと出した。

「甘い物は、たまたま！　たまたまでただけ。くし焼きとか、あげパンとか、あっ、あといためた麺(めん)も、おいしんだよ！」

一生懸命言い訳するアルビーが可愛くてつい笑ってしまう。

ぶぅ、と頬を膨らませたアルビーの頭を撫でてエリアスは、

「では飲み物を買って、それからアルビーの見たい劇をやっているところに行こうか」

と慰める。

「さんせーい」

「俺も賛成！」

話がまとまって、俺たちはアルビーが所望したカラメル入りの炭酸水を購入して、紙芝

居と人形劇、どっちも見て回った。

騎士がお姫さまを助けるとか、勇者一行が悪魔を倒すストーリーは、俺の世界とそう変わらないファンタジーな話だ。

というか、騎士がお姫さまを助ける話って、以前にアルビーがリュネット様とごっこ遊びをして「飽きた」って言ってたよね？

それでも、自分以外がやると面白いのか、アルビーは目を輝かせて見ていた。

紙芝居と人形劇を一個ずつ見て、それからお昼を食べる。

おすすめの『炒めた麵』って、少々味はちがうけれど、焼きそばっぽい。それと串焼きは塩味焼き鳥で、俺の世界と同じ味がした。

懐かしいな、ってセンチな気持ちが湧く。

この世界にきて、まだ一ヶ月少々だけど、やはり故郷の味が恋しくなる時期なのかもしれない。

「ハル、おいしい？」

アルビーがニコニコしながら尋ねてくる。その笑顔を見ているとそんなホームシックも吹き飛んでしまうけれどね。

「うん、美味しいよ。……でも」

思わず呟いてしまう。いや、だってアルコールを売ってる屋台があちこちにあるんだもの。

昼間から呑んでいい気分で酔っ払っている人たちをみていると、羨ましい。

「お酒がほしい……」

「でも？」

「もうっ！　ハルは！　夜までまって！　夜になったらエリアスと、のめばいいでしょっ」

そう、アルビーに叱られてしまった。

「夜までって？　どういう意味？」

エリアスに尋ねる。

「天灯を空に上げるのは、陽が沈んでまもなくなんだ。終わったら子供は家に入る。フェロー神祭当日の夜は『祭りの昼間、特に神の力が強くなっていて魔物が近寄れない。夜、天灯が上がったあとは、フェロー神も天灯に書かれた願いを読むために忙しいから、隙ができる。だから魔物に捕まりやすい子供は家に入る』んだ」

「へぇ……そうなんだ。でも、そうしたらアルビーは夜一人でお留守番になるよ？」

「だいじょーぶ！　宿舎にすんでる、他のこどもたちといっしょにねるの！」

俺は首を傾げる。

「アルビー以外に、子供っていた？」

「祭り当日は、宿舎に住んでいる者たちの家族が、泊まりにくるんだ」

「えっ？　だって宿舎だって王宮内の土地に建てられているから、国民は勝手に入っちゃいけないんじゃ……」

「事前に許可をとるんだ。それにアルビーも、毎年他の子供たちと部屋で遊べるのを楽しみにしている」

「うん、たのしいよ！　食堂で、みんなで一緒に遊んで、寝るの！」

「へぇ、食堂が遊び場と寝る場所になるんだ」

確かに寄宿舎で一番広い部屋といったら、食堂だもんな。

でも、調理場に入られたら危ないよな？

「子供たちだけ？」

念のためにエリアスに聞いてみる。

「いや、もう子供のいない大人が、一緒に留守番をするはずだ。それと兵士たちが交代で見守っている。なにせ冒険心のある子供が毎年いるからな。大人の目を盗んで、外へ出てしまう子供もいるんだ」

「なるほどねぇ。確かにいるよね、大人だけが経験できる世界を覗きたいって子供」

ここでハッとなる。

ここは異世界だ。俺の猫股の姿は最初驚かれるけれど、段々皆、受け入れてくれた。

というのも、王都の外に出れば少なからず魔物に遭遇することがあるからだ。

俺の世界では空想の魔物でも、ここでは実在する……。

「エリアス。もしかしたら夜、子供が外に出てしまったら本当に魔物が狙ってくるの？」

「昔はあったそうだ」

あっさりエリアスが答え、俺はゾッとしてアルビーを抱きしめた。

といっても猫股の姿なので、アルビーにしがみついている格好になってしまったけれど。

「だいじょーぶだよ、おーとは『けっかい』を張ってるんだって。だから、おそわれないよ」

安心して、とアルビーは俺をギュッと抱きしめて、お腹あたりを吸っている。

猫吸いって、この世界でも常識なんだな。

「そっか、ならよかった」

俺は今度こそ安心した。

そうしたら急にエリアスと夜に祭りを回ることが楽しみになって、本当に俺って単純だよな。

アルビーは昼ご飯を食べたら眠くなったらしく、こっくりと船を漕ぎ始めた。

エリアスが抱っこすると、アルビーはあっという間に夢の中に入ってしまう。

「ちょっと寝かせておこう。夜に他の子供たちと遊ぶのを楽しみにしているからね」

「そうだね」

俺たちは外に設置してあるテーブル席から離れ、広場へ移動する。

木陰のある芝の上に座ると、エリアスはアルビーに膝枕をしてあげる。

その様子は手慣れていて、いつもこうしているんだなってわかる。

「そうしていると、お父さんみたいだね」

俺の言葉にエリアスは口角を上げる。

「ならハルは『お母さん』かな？」

——ドキリ、とした。

俺が『母親』役か。確かに役割を分担するなら、きっと俺はそうなんだろう。

けれど『母親』役はしちゃいけないと思う。

「『母親』は『役』でも、しちゃいけないって思うんだ、俺」

俺は、寝ているアルビーの頭を前足でナデナデしながら話す。

「アルビーのお母様は、今は傍にいないけれど、ちゃんといるんでしょ？　なら、この世界に戻ってこられたとき、アルビーのところにいられるよう居場所は残しておきたいんだ」

「……ハル」

「だからさ、俺もエリアスも『父親』で『兄貴』でたまーに、時々、『母親』の真似をするってことでいいんじゃないかな?」

「そうだな……うん、そうだ」

エリアスは俺からアルビーに視線を移す。

スヤスヤと寝息を立てて膝を枕にして寝ているアルビーを、切なそうに見ている。

「アルビーの母親……カロラ、私の妹なのだが……そうだ。きっとアルビーの元へ戻ってくる。兄の私が信じてやらないとな」

エリアスだって切ないんだよな、きっと。

兄は魔力、妹は神力を授かってその力を有益に使える職に就いて、お互い離れた職場にいたけれど仲がよかったんだろうなってわかる。

だって、そうでなければわざわざ長期休暇を取って、馴染みのない異世界へ探しに行くってしない。

俺は、そっとエリアスの手に触れた。

「エリアス、君の想いも努力も他の世界の神様に届いているよ。俺はそう信じてる」

「……ありがとう、ハル」

エリアスが俺の額にキスを落としてくれる。

猫の額なのが残念だけれど、彼の感謝の気持ちが伝わってくるキスだ。

「猫の姿なのが残念だな」

エリアスが、艶めかしい吐息を吐きながら囁く。

そんな風に囁かないでほしい。色っぽすぎて、その言葉が嬉しくて猫股化した俺の小さな心臓に悪いんだよ～。

「エリアスは色っぽすぎるよ……」

「夜まで待てない？」

からかっているのかわからない言葉のトーンに、俺はただ身体を熱くする。

「お、俺は欲情ばっかの人じゃないから！」

ツン、とソッポを向いてしまった。エリアスは「ふふ」と微かに笑っている。

あ～あ、からかわれたか。

なんて思っていたら、ひょい、と持ち上げられて、エリアスの膝の上に。

「少し寝よう。今日は一日が長い」

「うん……」

エリアスの膝の上だ。片膝はアルビーが占領しているからもう片方の膝に乗っている俺。

弾力があって、そして温かくて猫の姿の俺には丁度良い幅だ。

俺は前足と後ろ足をお腹の下に隠して座る、いわゆる『香箱座り』でいる。どこかで読んだことがある。

こういう座り方をしているときは、リラックスしているんだって。

なんかわかる。エリアスの傍だから警戒する必要はないから、すぐ動ける体勢じゃなくていい。

——エリアスの傍にいると、落ち着いて安心できるんだ。

気持ちいい。

ウトウトしながらチラリとエリアスを見上げる。

エリアスは目を瞑り、寝入っているようだ。いつも思うけれど寝ていてもイケメンだ。

いつも忙しいから、疲れているんだろうな。

『今日は三人で行く初めてのお祭りだから』と、早く起きたエリアス。

その気持ちが嬉しい。

俺も、眠気に抗うことは止めて、目を瞑る。

すぐに眠りの闇へ誘われた。

昼寝の時間は終わり、また街中を歩き回る。

花をばらまく人や、聖水？　っていうのかな？　それを通行人に掛け回る人がいる。

真っ白な衣装を着ていて俺の世界で言う、修道女みたいな感じの人たちだ。

「フェロー神の巫女たちだ」

「そうなんだ」

じゃあ、アルビーのお母様で、エリアスの妹のカロラさんと同業者の人たちか。

俺たちを見つけた巫女さんたちが、

「エリアス様、幸運が訪れますように」

と、聖水を掛けていった。

彼女たちも心配なんだろうな。「祝福を」と、アルビーの頭を撫でていったし。

俺たちはまた、噴水広場に戻る。

そこはすでにダンス会場となっていた。

音楽を奏で、それに合わせ歌を歌う女性。その歌声に聞き惚れる者に踊る者。様々だ。

手拍子が生まれてくると、猫股の俺の身体も左右に揺れる。

「ハル～。おどろ？」

アルビーが俺の前足を持ち、後ろ足立ちをさせる。

「俺、あんまり踊れないよ?」

「ぼくも～!」

「んじゃあ、適当に」

と俺とアルビーは踊る。まあ、エリアスじゃあ身長差があるしねぇ。

――と思ってたら、エリアスが知らない誰かと踊ってる!?

だ、だ、だ、誰?

しかも男じゃないか!

小綺麗な少年で、平民と似た格好をしているけれど着こなし方が洗練されてるし、髪も艶々で、毎日お風呂に入っている感じ。

ただの平民じゃない!

身体が素直に反応して、猫なのにガルガル喉が鳴って牽制(けんせい)しちゃう俺。

そんな俺を、後ろからヒョイと持ち上げた者がいた。

この抱き方といい、手の大きさといい、覚えがあると俺は後ろを振り返る。

「よお! ハル、アルビーも。こんなところで会うなんてなあ」

「やっぱりトリスタンか!」

気が立ってるせいか、思わず爪を立て「シャアー！」と振りかぶってしまう。

猫って自分の感情の起伏に、めっちゃ素直なんだな。

トリスタンは笑いながら、俺の爪攻撃を華麗に避けた。ちっ、チクショウ。

よく見たら、トリスタン以外に筋骨隆々な男たちが揃っている。

……想像した通りに暑苦しい。

「皆で祭りを見て回ってるんだ？　警護？」

トリスタンに話しかけつつ、俺の視線はエリアスと綺麗な少年にいく。

「今回は、お忍びに付き合っているのさ」

と、トリスタンは俺の耳に囁きかけてくる。ゾワワッと背筋が粟立ち毛が逆立った。

き、きもっ！　と身を捩ったけれど囁かれた言葉に俺は落ち着きを取り戻し、エリアスと踊る少年を見つめた。

「エリアスと踊っているのは、ローランド王太子だ」

「王太子……なるほど。道理でこの辺の少年とは違う雰囲気を持っているなって、思った」

確かリュネット様のお母様は今の王妃様で、ローランド様は亡くなられた前妃のお子様。

リュネット様とは、腹違いの兄妹になる。

やっぱりこうして遠目で見ても、気品が段違いだ。エリアスは王太子と面識があるからこうして踊っているんだろうな。うん、変な意味はないはずだ。

「嫉妬していただろう？」

「うるせーよ」

「シャア！」と、爪を立ててトリスタンの顔に向かって再び振りかぶったけれど、またかわされてしまった。

「トリスタン、ハルと踊ってたのにどうしてそんなこと、するの！」

アルビーが怒ってくれてトリスタンは「悪い悪い」と、俺を下ろしてくれた。

プンスカ怒っているアルビーに、手を合わせてペコペコ謝っているトリスタンを見て「ざまあみろ」って思う俺。

「トリスタンたち、何しているの？　踊らないの？」

まだ変声前の、高い声に振り向く。

艶々の金髪と青い瞳で目鼻立ちの整った王太子が、ニコニコしながらやってきた。

祭りでいつもより人が多い噴水広場。美青年のエリアスと美少年のローランド王太子は引き立て合って、注目を浴びてしまっている。

それを察してかトリスタンが、

「移動しましょうか。留まっていると騒ぎに発展しそうです」

と王太子を引き寄せ歩き出す。

俺たちも同行することにした。だってエリアスとダンスを踊りたいのか、女の子たちが近づいてきているんだもの。

アルビーが俺を抱っこし、そのアルビーをエリアスが抱っこする。

「帽子を深く被ってください」

トリスタンが護衛らしい口調で、王太子に帽子を被らせる。

王太子は歩きながら帽子の調整をし、彼に聞いている。

「うん、このくらいでいいかな？」

「ええ、いい感じですよ」

トリスタンがニッと歯を見せ笑いかけると王太子は、頬を染めて照れくさそうに笑った。

——あれ？

なんか王太子の表情……意味ありげに見えるんだけど、気のせい？

トリスタンはさすが、というのだろう。ガチムチ軍団を分散させて、何かあったらすぐに駆けつけられる距離で歩かせる。少しでも注目を浴びるのを避けたんだ。

うん、筋肉モリモリの奴らが減っただけでも空気が通って涼しいし、注目されることもなくなった。

王太子は祭りの様子と、王都で売っている素朴なお菓子や食べ物を味わってみたいと、トリスタンに頼み込んだらしい。

王太子は自ら林檎飴を購入し、嬉しそうにかぶり付く。

「飴の部分がカリッとして美味しいな。こうやって大きな口を開けて食べるなんて初めてだよ」

と、ご満悦だ。もちろんアルビーも買った。小さな口でも食べられる苺の飴だけれど。

「トリスタン、あれは？　あれは何？　あ、この蒸気が出ているのは、何を売っているのだろう？　トリスタン、あのウインナーに巻かれた物は何？」

王太子は目を輝かせながら屋台で売っているもの、一つ一つを聞いている。

そして全部買い占めてしまうのでは？　という勢いで買い込んでるし。

それを持つ、隠れた筋肉モリモリ隊はどんどん顔から表情が消えていっている。

黙ってついている俺たちも唖然としてしまい、止めることもできない。

「……おにいちゃんは、そんなに食べるの？　おなか、いたくなっちゃうよ？」

アルビーが心配そうに王太子に尋ね、それでようやく王太子の暴走が止まった。

自分がどれだけ買い込んだのが、気づかなかったらしい。

「あ……すまない。初めて見るものばかりだったからつい……民の食べ物は素朴だが、こんなに美味しい物だとは思わなかったよ」

「お気に召してよかったです。こうして民が安く美味い物が食べられるのは、父君である陛下の治世の賜物です」

「うん。……父はすごいと思っている。尊敬しているよ」

トリスタンの言葉を王太子は素直に認め、頷く。でも一瞬、憂い顔になった気がする。

不意に俺と目があい、気恥ずかしそうに笑う。

「君が噂の他の世界からきた方かな？」

「はい。ハル・ヒロセといいます」

「災難だったね。でもエリアスは我が国だけでなく他国でも知れ渡っているほど腕のいい魔法使いだから、まもなく元の姿に戻れるよ」

「はい、俺もそう信じています」

と、同意を得るように俺はエリアスに笑いかけた——けれど、エリアスの顔が一瞬だけ憂いた。

——えっ？　どうしたの？

「エリアス？　俺の魔法、もしかしたら解けないの？」

堪らず聞いてしまう。

「いや、そんなことはない。……ただ、思ったより時間がかかっていてすまない」

「ううん、それは平気。解くならしっかり解いてほしいし」

「ああ、わかっている」

　俺に向けるエリアスの笑顔は曖昧で、すごく気になった。


　王太子はたくさん買い込んだ半分を「今夜泊まる子供たちと食べて」とアルビーにくれた。

　それで、アルビーはニッコニコだ。

　日が傾いてきたので王宮に戻ると、トリスタンたちと混ざって俺たちも帰る。

　待機させていた馬車に俺たちも便乗させてもらえてラッキーだ。

　馬車に乗って動いた途端、またアルビーは夢の中に入ってしまい、エリアスの膝を独占した。膝の上を譲った俺は、隣にちょこんと座る。

　基本、王太子にはこちらから話しかけては無礼にあたるので、俺たちからは話しかけない。

　結果、馬車内ではトリスタンと王太子中心で話していた。

　王太子は、トリスタンを信頼しているようで何かと話しかけ、トリスタンは丁寧に話を返す。

受け答えを聞いているとトリスタンは本当に騎士で、それなりの地位のある立派な人なんだなって思う。

俺をからかったりしているときはむかつくだけだったから、感心してしまう。

でも。

でも――。

やっぱり、王太子のトリスタンに対する態度はただの主従のそれではないと思う。

まあ、俺が勝手に勘ぐっているだけだけど。

そうこうしているうちに馬車は王宮に着き、俺たちは王太子に礼を言って宿舎に戻った。

陽が西に傾いていく。

空が紺よりもさらに暗い藍色に染まり、空には星が瞬きはじめた。

地平線から見える太陽は決して高くない建物たちを黒く染めて、暗がりに飲み込まれていった。

太陽が完全に隠れたとき、空砲が鳴る。

「ハル、はやくはやく！　もう、飛ばしてるよぉ」

アルビーが着替えている俺を急かす。太陽が沈んだら俺も猫股から人の姿に戻る。

「すぐ行くから待ってて」

いくらなんでも素っ裸のままでベランダに出られない。俺は急いで上着を首まで被ると
ズボンを穿きながらベランダに出て、思わず立ち止まり声を上げた。

「うわぁ……っ、すげえ！」

暖かな色を纏った天灯たちが、闇を照らしながら空へ上がっていく。

「始まったばかりだから、空がもっと天灯だらけになる」

エリアスが、次から次へと上がっていく天灯を見上げながら言う。

「ぼくの、てんとうも！」

俺が天灯を持ち、エリアスが火を点ける。

「火に気をつけて」と言いながらアルビーに渡す。

「もっと、上から放したい～」

と言うアルビーのために、エリアスが抱っこして持ち上げる。

「はなしていい？」

「ゆっくり手を放して」

「わかってるもん。でも、ハル『いいよ』って言って」

「わかった。……じゃあ、アルビー『せーの、それっ』で放して」

「うん」

俺は、息を吸って声に乗せる。

「せーの……それっ！」

「それっ！」

アルビーが手を放す。

同時、フワリと宙に浮き、ゆっくりと上へ上がっていく。

アルビーの天灯は、知らない誰かの天灯たちの中へ入って、もうどれだかわからない。

でも、アルビーも俺もエリアスも、光と願いがこもった、たくさんの天灯の灯火が夜を特別なものにしていく様に感動して、声を上げずにただジッと見守る。

「綺麗なものだな……俺、生で見るの初めてだ」

「なんだ、見たことがなかったのか」

「テレビとか画像でなら見たことがあるんだ。でも、やっぱ本物は凄いな、圧倒される」

そうしてまたしばらく空高く上がっていく天灯たちを見送っていると、エリアスが尋ねてきた。

「願い事、書かなくてよかったのか？」

「俺？」

「ああ」とエリアスは頷く。

「この世界に来て、ハルのいた世界と違う部分があって、色々大変だっただろう？　……それに、未だに昼間は魔猫のままだし……」

「まあ慣れちゃったというところかな？　もしかしたら願い事を書いていたら、フェロー神様が叶えてくれた？」

俺の世界は神様によく願掛けといって神社とかお参りするけれど、結局本人の努力しだいだ。

――この世界は、マジで神様が叶えてくれるの!?

「いや、さすがにこれだけの願いを一つ一つ叶えてくれはしないな。本人も努力しなくてはならないし」

「なんだ、俺の世界とそう変わらないんだね」

エリアスの言葉に安心して、ちょっとガッカリする俺。

「ガッカリしたか？」

「ちょっとね」

エリアスと二人笑い合い、それから外を眺める。

まだ、ちらほらと天灯が空に上がっている。

「……でも、今俺、けっこう幸せなんだ。こういうの、好きになった人と見て『綺麗』だって感動してさ……」

「ハル……」

フワン、と後ろから優しく抱きしめられる。背中にエリアスの体温を感じた。

後ろから手を差し出され俺も手を絡ませた。エリアスの指って長いんだな。改めて思う。

「フェロー神が特に『繁栄』『繁殖』『発展』『愛』を司る神だって話したと思うが」

「うん」

「フェロー神の『愛』は一つじゃない。色々な愛を意味する。『男女の愛』『家族愛』『夫婦愛』『飼っている動物への愛』様々な『愛』を認め、支援してくれる。フェロー神の与える愛に、性差や身分差などの隔たりはないんだ」

「そうなんだ……どんな『愛』でも認めているってことかな」

「ああ……だから、同性同士でも結婚が認められている」

そう言いながらエリアスは後ろから抱きしめたまま、絡んだ俺の手を引き寄せて指先に唇を落としてきた。

軽い口づけなのに、少しだけ唇が触れただけなのに――俺の全身に甘い波が生まれて、ゆらゆらと揺れる。

後ろから抱きしめられて、愛を囁かれ、口づけを落とされたら経験の少ない俺はイチコロだ。

「ハル……」

後ろから俺の名を呼ぶエリアスの顔を見ようと、俺は顔だけ向ける。

その瞬間、額にキスが落ち、それから頬に噛みつくようなキスをされた。

すごく野性的で――刺激的だ。

どうしよう、俺。このままエリアスに抱かれたい。

エリアスに、滅茶苦茶にされたい。

「ハル、エリアスぅ。もうぼく、下に降りていい？」

ハッとしてエリアスから離れた。危ない。アルビーがいたんだった。

アルビーは「早く下でみんなと遊びたい」と、足をジタバタさせている。

「そ、そうだね。食堂まで送っていくよ」

と言うと、アルビーは首を横に振って、王太子からもらった食べ物の袋を手にする。

「食堂まで、一人でいけるもん！　だから、ハルとエリアスはこなくていいよっ。二かい

からなのに、一人でこられないの？　って、言われちゃう！」

「そうか、お兄ちゃんなんだね。アルビーは」

「うん！　だから、ぼくのことは気にしないで、お酒のんでね！　ハルのままだから、いっぱいのめるよ！」

と、明るく言うと、駆け足で部屋から出ていってしまった。

俺とエリアスは扉の前で、アルビーの廊下を駆ける音が小さくなるまで見送る。

それから互いに顔を見合わせると、微笑み合った。やっぱりこうして人の姿で視線を合わせるのっていい。

「私たちも外に出るか？　ご所望の酒でも呑みに」

昼間、屋台に並んでいたお酒の多さにゴクリ、と生唾を呑んだことを思い出す。

――でも、今はそんなに魅力的に思えないんだ。

もっともっと魅力的なエリアスに、酔いしれたいんだ。

俺はエリアスの服の端を掴む。

「俺……エリアスと、もっと親しくなりたい。近くなりたいんだ……」

「……ハル、それは……私がもっと、ハルに触れてもいいってことかな？」

「酒の勢いに呑まれないで、エリアスと繋がり、たいんだ……っ」

今度は。今度こそ。

エリアスを、しっかりと感じたい。

エリアスが俺を引き寄せ、しっかりと抱きしめてくれる。

「ハル、私もだ」

そう囁いてくく唇に俺は「嬉しい」と意味を込めてキスをした。

六章　幸せな時間

何度かの唇の重なりに俺の身体はふわふわしている。アルコールなんて一滴も呑んでいないのに、酔っている感じだ。

俺たちは互いの腰を抱き合い、なだれ込むようにベッドに横たわる。

「ハル……」

エリアスが俺の名を囁いて、また唇を重ねてきた。

三度、小鳥がキスをしてきたような軽いキスのあと、深くなる。

薄く唇を開いて、エリアスの舌を招き入れると俺は進んで自分の舌を絡ませた。

絡み合い、フッと離れると俺は寂しくなって追いかける。けれどエリアスの舌先は俺の歯茎（はぐき）をぐるりと舐め、味わいはじめる。

初めての感覚に、俺の背中がゾクリと粟立（あわだ）って股間にまで伝わった。

俺を抱きしめたままエリアスは、身体を回転させる。俺の上に乗る体勢だ。

　より深くなったキスに、俺は無我夢中になってエリアスの舌を追いかけ、絡めていく。

　エリアスの手が俺の股間に触れると、自然に大きく膨らんでくる。

「――ぅん」

　離れた唇同士から生まれた銀糸が、切なく切れた。

　エリアスの指が俺の唇をなぞり、銀糸の残りを拭う。

「ずっと、我慢してた……」

「えっ？」

　俺はビックリして、マジマジとエリアスを見つめてしまう。

「どうしてそんなに驚いてるんだ？」

「いや……だって、いつも落ち着いていて冷静で、そんな風に全然見えなかったから」

「よく表情の変化に乏しい、と言われるだけで、心の中では色々考えているんだ、これでも」

　これでも、という付け足した言葉に、俺は思わず噴き出してしまう。

「意外だ。イライラムラムラしてるの、俺だけかと思ってた」

「私だってハルとそう変わらないぞ？　恋愛とか、相手が自分のことをどう想っているのかとか、不安になる」

「そうだったんだ。……なんだか、嬉しいな。好きな人が俺のことで、色々考えたり悩んだりしてくれるの知ってさ。『想いは一緒だったんだ』ってくすぐったくなる」

「くすぐったい気持ちか……。そうか、このムズムズした胸の感覚は『くすぐったい』であっているな」

エリアスが納得したように小さく頷く。なんかそんな様子が可愛くて、俺はクスリと笑って彼を引き寄せる。

「やばい、重症。エリアスのどんな仕草でも可愛いわ！」

「……ハルが重症と言うなら、私もそうなんだろう」

耳元で囁かれ、ピアスごと耳朶をなぶられる。

「は……ぁ……」

吐息が漏れる。ゾクゾクする。

耳朶を舐められ、ピアスごと噛みされ、カチッていう固い音が響く。

それからエリアスの唇は首筋を伝い、鎖骨にたどり着くとまた軽く噛まれた。

エリアスの手は熱くなってきている俺のソコを、ズボンの上から撫でている。

ズボンの上から俺のソコの形を確認するように、やんわりと掴む。

「……んっ」

布で隔たれているのに、彼の手の感触が、熱が伝わって。でも、じれったくて、直に触れてほしいと腰がねだるように揺れてしまう。

「もう、欲しそうだな。でも、もう少し我慢してくれ。ハルはそう経験ないだろう？」

慰めるような声音に、俺はもっと切なくなってしまう。

「でも、エリアスをもっと、感じたい……」

そう、俺はエリアスとの最初の繋がりを、ほぼ覚えていない。

だから、彼との行為をちゃんと感じるのは今回が初めて。

酩酊（めいてい）していた自分が悪いのだけど。

でも、こうもエリアスを求めているのはきっと、身体はしっかりと彼を覚えているんだと思う。

だから、身体が求めるままにエリアスが欲しいんだ。

ズボンを途中まで下ろされて、エリアスの手が直に触れてくる。

もう熱くなっているだけじゃなくて、硬さを増している。ズキズキして痛いほどだ。

大きな手のひらが、ゆっくりとそこを愛撫し、親指が先端をクリクリと撫でて、他の長い指が笠だった部分を擦る。

「あっ、ぁあ……エ、エリアス……っ」

「うっ、うん……っ。けど、それ以上したら、だ、駄目だよ……っ。出ちゃう……っ」

「出していい。一度出した方がいいだろう」

「で、でも……」

「平気だから」

エリアスがそう断言する。不思議だ。そう言われると「そうなんだ」って気がしてしまう。

彼の指は小刻みに動いていて、先端から漏れたものが濡らしている。動く度にクチャクチャと、イヤらしい音を立てている。

首筋や耳、鎖骨に何度もキスを落とされて、股間に伸びていない方の手は、俺のシャツをまくり胸をまさぐっている。

「エ、エ、エリアス……っ」

堪えようのない甘い疼きを、どう逃していいかわからない。

エリアスは宙を彷徨う俺の手を片方掴むと、自分の股間へと誘う。

エリアスの、モノ。

彼のも既に熱く、固く張っている。怒張と呼ぶのに相応しいほどに。

俺の姿を見てこうなっているんだと思ったら、身体中の熱が一点に集中していく。

「あっ、ぁあっ……っ、出る……！」

ぐらりと目眩がして一瞬、目の前の景色が歪んだ。

どくん、という胸の鼓動と共に股間から熱い飛沫が放たれて、あっという間に射精してしまった。

はあはあ、と俺は荒い呼吸を繰り返す。けれど、これでさっぱりした、というわけじゃなかった。

イカされても熱が冷めることもなくて、身体の奥にまだまだ蠢いている疼きがある。

「汚してしまったな」

エリアスは微笑みながら、俺の染みのついたズボンを引き抜く。

そして、自分もシャツとズボンを脱いだ。

一緒に大浴場に入ったとき、彼の姿態はつぶさに見たはず。

なのに、こういう艶めかしい場面で見るときは違うなって思う。

「こうしてベッドの上だと、大浴場のときと違ってハルの裸が違って見える」

「……エリアスもそう思うんだ」

「ああ」

「俺もそう思っていたところ」

ちょっとした感覚が似てると、すごく嬉しい。

シャツを脱がされ、背中に指が伝う。たったそれだけのことなのに、背中が仰け反ってしまう。

指が背中から後ろの奥にたどり着くと、そこを優しく撫でられる。

「あ……」

「撫でられるだけで気持ちいい？」

「うん……」

俺は正直に頷いた。

「エリアスが触れてるって思うだけで、気持ちよくなる……」

その言葉にエリアスは、嬉しそうに目を細めてくれる。

「ハルはいつも、私が喜ぶ言葉を自然に出すのだな」

チュッと額にキスが落とされる。

エリアスだってそうだよ。こうして俺の欲しいものを躊躇いなくくれる。

自分のいた世界では望んでも手に入らなかったキス、温もり。

「ひゃっ、ぁあ……」

エリアスの指が、俺の奥に入ってくる。

俺の身体は意図せずに跳ね上がって、声を上げた。

ほぼ経験がないと言っていい俺のそこだけど、エリアスの指を拒むことなく迎え入れていく。

「ん、んん……」

最初、違和感もあったものの、中を指で弄られていくうちに、次第に快感が勝ってきてウットリしてしまう。

クチュクチュと中から水音が聞こえてきて、ああ俺の中、気持ち好くて湿ってきてるんだって思った。

「ああっ、んあっ、んっ……」

「ハルのもまた大きくなってきて……」

エリアスの掠れた声の囁きに俺は目を開けて、くっきりと屹立(きつりつ)している自分のモノを見つめた。

そこにはもう一つ、自分より一回りほど大きなモノがあり、エリアスのものだとわかってなんだか恥ずかしくなった。

だって、俺との行為に興奮してこうなってるってことだろう？

「エリアスも……欲しい？」

「ああ、ハルが欲しい……」

そう囁かれ、後ろからじんわりと愛液が溢れ、エリアスの指を更に濡らす。

「ハルの身体は、正直だな」

「……それはエリアスのせいだよ。だって俺の気持ちはかなり前から決まってたのに、じっと我慢させるんだもん」

「……そうだったのか」

アクアマリン色の瞳を大きく開いてこっちを見つめている。驚いているようだ。

「気づかなかったの？」

「すまない」

「いいよ、もう」

こうしているんだから。

エリアスは指を埋めたまま、俺にキスをする。

口内で舌を絡ませ合って、互いの欲望を煽って。俺は無我夢中になっていた。

エリアスは指を抜くと、俺の膝裏に手を当ててぐっと持ち上げた。

くの字に身体を折られて、俺の尻が彼の前に晒されてしまった。

「……いいか？」

エリアスの問いに俺は無言で頷く。この体勢は恥ずかしい。けれど羞恥心よりエリアスと一つになりたいという欲望の方が遙かに上だった。

ぐいっと腰を突き出され、エリアスのソレが俺の中に入っていく。

痛みはないけれど、圧迫感が凄い。

でも、あっさりに彼を受け入れてしまった。

それに少々拍子抜けした俺だったけれど、エリアスが腰を動かし奥へ突き進む度に、それは間違いだって気づいた。

俺の中は異物にビックリしているのか、構わず彼のモノを締め付けようと収斂している。

それは俺に痛みを与えた。

「ううっ、うっ……」

「痛むか？」

「少しだけ……」

するとエリアスがまた俺の額にキスをしてきた。先ほどのと違って、ほんのり温かくなるものだ。

「痛みの感覚を鈍らせて、緊張を解いた。いずれ痛みもなくなるはずだ」

「ああ、ありがとう」

身体が痛みでビクビクしていたけれど、確かに和らいできた。

「動くぞ」

結構、奥まで挿入されたと思っていたのに、もっと深く腰が入っていく。

「あっ、あ……ぁ」

ゆっくり、浅くを繰り返したかと思ったら、奥へ。

引いたと思ったら、すぐにまた侵入してくる。

少しずつ動きが速くなっていく。

奥まで突き上げられて、抜かれて。抜けきる前に奥へ。

気づいたら動きはいつのまにかリズミカルになっていて、俺はその動きに慣らされている。

そうしていくうちに、彼の誇張したモノに奥を弄られるのが快感になっていく。

一度果てたのに、俺のモノは大きく硬くなっていた。

——やばい、気持ちいい。

奥を擦られると、そのたびに全身鳥肌が立つようにゾクゾクする。

そのゾクゾク感は、屹立した俺のモノに溜まっていっている。

「あ……、エリアス……」

不意にエリアスが今、どんな顔をしているのか気になって目を開けた。

エリアスの黒髪は汗で濡れ、より艶やかに首筋に纏わり付いている。

アクアマリン色の瞳をうっすらと開けて、何かに堪えているような必死な顔だ。

それでいて、胸が締め付けられそうになるような切ない表情。

俺、愛されてる。

嬉しい、という気持ちが身体全体に広がっていく。

不思議なもので、そういう感情を身体が受け取ったのか、内壁がうねるようにエリアスのモノに絡みつく。ねっとりと快感を煽る。

エリアスはそれに突き動かされるように、激しく俺の中を攻めてくる。

「ハル……痛くないか?」

「うん、今は……気持ち、いい」

「もっと、気持ちよくしよう」

どうやって? と聞こうとした刹那、エリアスの手が憤っている俺のモノを握る。

「――あっ!」

一番敏感な場所を握られて、声を上げた。

手の平でしごかれながら、俺の中でエリアスのモノが暴れている。

内と外と同時に快感に煽られて、どうにかなりそう。

「あ、ぁあ……ほんと、どうにか……なっちゃう……っ」

全身に鳥肌が立って、筋肉が痙攣（けいれん）する。それから痺れるような疼きが繋がった所から上がってきて、頭上に溜まっていく。

「あっ、あぁ……っ、やっ、なんか……っ！」

溜まった疼きがスパークした瞬間に、俺は二度目を放った。

キュウ、と俺の中が収斂して、エリアスのモノをキツく締め付けてしまった。

同時にエリアスが硬直して、苦しげな顔で腰を揺らす。

中で、何か温かいのがジワッと広がっていく。

互いに息が荒い。

エリアスは大きく呼吸をしながら、俺の中から自分のモノを引き抜くと覆い被さるように抱きしめてくれた。

汗は掻いているし、息も荒い。

でも、エリアスは笑みを浮かべながら、俺の額や頬に何度もキスをしてくれる。

きっと俺も、ニッコニコでエリアスのキスを受けているんだろうな。

「とてもよかった」

エリアスが囁く。そう言われると恥ずかしくなる俺。

俺も「よかった」って、言った方がいいのかな？　なんて。

「あ、あの、エリアス。その、ええと……」

改まって言おうとすると緊張するな。エリアスくらいのイケメンなら、さらりと言って
かっこいいけれど。純日本人の俺が言って、格好付けられるかな？

「？　何？　ハル」

エリアスは、罪深いほどの微笑みを俺に向けてくる。

「ええと、あっ！　あの、今回……その俺が『受け』側でよかったのかな？　って……」

何、聞いてんだ俺！　アホか！

「『受け』？　……ああ、女性側ってことか」

しかしエリアスは答えてくれる。普段から真面目で優等生みたいだもんね。

「その、エリアスが本当は『受け』がよくて、俺のために我慢してるとかだったら……っ
て申し訳ないなって……」

「うーん」と顎を擦って考えるエリアス。

「……なんか自然に私がハルを抱いていたが……。ハルは経験がなさそうだから、そのほ

うがいいのかと思っていた。もしかしたら男性側がよかったのか？」

「そういうわけじゃないんだ。ただ、その、エリアスはこれでよかったのかな？　って」

「私はハルとこうして抱き合えれば、なんでもＯＫだ」

と、エリアスは俺の肩を抱くと、横に並んで寝転がる。

自然、俺は彼の胸の中だ。

「私はこうしてハルを抱きしめるのが好きだ。ハルは抱かれると抱くの、どっちがいい？」

「……抱かれるの」

もうこれで決まりだ。こうやって好きな人の温もりに包まれる感覚が大好きだ。俺は『受け』よりなんだなってつくづく。

「エリアス」

「なに？」

「こういうの、たまにしよう……。ねっ？」

「……私と？」

エリアスが不安そうに俺の顔を覗き込んでくる。

えっ？　なんで？　どうしてそんな顔して、そんなこと聞いてくるんだ？

「決まってるだろう！　他に誰とするんだよって。エリアスとしか、する気ないよ」

俺は、ぷぅ、と頬を膨らませたついでに、エリアスを思いっきり抱きしめた。

「痛い、痛いって、ハル……っ」

「疑った罰だ！」

「すまない、悪かった、案外力あるんだな、ハルは……！」

「そりゃあ、性別は男ですから俺」

お返し、とエリアスが俺の脇をくすぐりにかかる。

「あ、止めて……！　俺、そこ弱い……っ！」

俺も抵抗してエリアスの脇をくすぐり、二人でベッドの中ではしゃぐ。

そうして、また婀娜（あだ）めいた雰囲気になって、再び俺たちは繋がった。

七章　俺とエリアスが容疑者？　またピンチ

きっと今、俺は生きてきた中で一番ハッピーだ。

同性を好きになってしまうという、自分の性癖をハッキリと知ったのは中学生の頃。

それから十一年。

俺を受け入れて、愛してくれる相手ができました！

しかも、俺も好きになった人！

相思相愛！

愛し愛されている事実だけで、こんなに世の中がバラ色に見えるものなんだな。

たとえ昼間は猫股だって、そんな俺を愛してくれるエリアスがいるだけで勇気が出る。

今後について、エリアスと話し合いをした。

いずれ、俺の家族に会いに行って結婚の承諾をもらう（ここはもう俺、ニヤけちゃいました）にも、猫股の魔法を解かないと、どうにもならない。

最優先は——猫股の魔法を解く呪文を探す。なかったら創ることだとエリアス。

「うん。俺、昼間もはやく人間の姿になってエリアスとアルビーの三人で、色々遊びに行きたいよ。ピクニックとか遊園地とか」

「？　ゆうえんちってなあに？」

夕食の後、傍で大人しく今後の話し合いに参加していたアルビーが、首を傾げてくる。

でも、それが『楽しい場所』ということには気づいたらしくて、目をキラッキラに輝かせている。

「このフェロー神様の世界にはまだないのかな？　『遊園地』」

エリアスが顎に手を当てながら『遊園地』らしきものを想像している。ちょっと考えている仕草も様になっていて、見惚れてしまう。

「……魔法で創った乗り物に乗ったり、お化け屋敷に入ったりする場所かな？　『魔法ファンタジーランド』という、子供限定の乗り物がある娯楽施設ならある」

詳しく聞くと、やっぱり『遊園地』っぽい。

『ファンタジー』とか言われても、魔法が普通に存在しているこの世界自体、俺にとってファンタジーだけど。

「でも、この世界は子供限定なんだね。俺の世界では大人も一緒に遊べるんだ。有名なキャラクターの世界を再現させたところもあるんだよ」

「いいなあ、ハルとエリアスと、遊んでみたい」

アルビーが指を咥えて強請る。本当に行きたいんだろうな。

「三人で行ったらきっと面白いね。猫股になる魔法が解除されたら三人で、俺の世界の遊園地に行かないか？」

「いく！　いく！　ねえ、エリアス！　いいでしょう？」

エリアスは、ちょっと困った顔をしてアルビーの頭を撫でる。

その顔を見た途端、アルビーはしゅんとして肩を落とした。

「……ごめんなさい。さすがにエリアスでも、三人はハルのせかいに行くの、むずかしかった？」

「そうじゃないんだ。行けないことはないが……まだちょっと……」

「『まだちょっと』って、何が、『まだちょっと』、なの？」

エリアスの含みのある言葉と表情に、アルビーはちょっと機嫌を損ねたようだ。

「猫股の魔法を解いたら、だからね。アルビー、もうちょっと我慢しよう」

俺が間に入って、アルビーを落ち着かせる。

けれどアルビーの顔がくしゃりとなって、ポロポロと涙がこぼれてきた。

あ、やばい。ギャン泣きしそう?

「ぼくがハルにかけたマホーって、そんなに、たいへんなマホーだったの?」

「いや、アルビー。そうじゃないよ。……あと、一息。そう、あともう一息なんだ。魔法を解くなら完璧に解かないと。焦って中途半端に解いてしまうと、ハルの世界に行ったときに魔猫になってしまうかもしれないからね」

「もう一息なんだ? やった! よかった! 俺の猫股の魔法がそろそろ解けるって!」

俺は嬉しさもあって、アルビーを抱っこして『高い高い』と持ち上げる。

泣き出したアルビーを元気づけようとやったことだけど、俺だって本当に嬉しいんだ。

あと少しで、昼間も人間でいられるんだから。

『高い高い』をしてもらったアルビーは、すぐに笑い顔になる。

「泣いた顔がもう笑ってる」

「だって、こういうのぼく、はじめてだもん! 面白いよ、もっとやって!」

「もう一回な。夜だから興奮しちゃうと眠れなくなるからね」

「眠れるから、もう一回だけやって!」

出たな、アルビーの「もう一回」

でも一緒に暮らし始めてアルビーは、ずいぶん子供らしい我が儘を口に出せるようになってきた。

最初の頃はエリアスの前だと我が儘なんて言わなかったから、大きな進歩だと思う。

「アルビー、今日はここまでだ」

止めたのはエリアス。アルビーをベッドに連れて行って、毛布を掛けてあげている。

勿論、アルビーの隣にエリアスも横たわる。

俺もアルビーを挟んで、反対側に寝転んだ。

「つまんないの」と、アルビーはふくれっ面だ。

「では、ハルの世界に行く前に休みを取って、三人で『魔法ランド』に行こう」

エリアスの提案にアルビーは膨らんだ頬を戻して、目を大きく見開き「うんうん」と大きく何度も頷く。

「大人が遊べる物はないだろうけれど、いいだろうか？　ハル」

「いいよ、全然ＯＫ！　俺も魔法で動く乗り物とか、この目で見てみたいし」

俺も二つ返事で了承する。

「じゃあ、約束だ。だからアルビー、もうしばらく我慢するんだ」

「うん」

アルビーのしっかりした返事にエリアスは微笑むと、小さな額にキスを落とす。

「えええ……？　俺は？　俺だってもう少しの魔法を、大人しく待ってますけどぉ」

ちょっと、拗ねてみせるとエリアスは「ふっ」と笑って、俺の頬にキスをくれた。

俺とエリアスの様子を下から眺めていたアルビーも「ふふっ」と笑って、

「おやすみなさい」

と目を瞑る。

しばらくすると、寝息を立て始めたので俺とエリアスは静かに、そうっとベッドから降りた。

隣のリビングルームに行くと、俺たちは少し声を落としてお喋りする。

「エリアス、もう少しで魔法が解けるって話していたけれど、どこで引っかかってるの？」

魔法の仕組みなんてわからないし、魔法をかけることのできない俺だけど、興味で尋ねてみた。

俺のその問いにエリアスは、困った顔で笑う。

エリアスは困る回答や、誤魔化したいときにこう、眉尻を下げて愛想笑いをするということに最近気づいた俺だ。

「魔法を使えない俺に、説明しづらい？」

「……魔術式というのがある。魔法を使うときに呪文を唱えながら、頭にその術式を思い浮かべるのだが、ハルにかけられた魔法は呪文とその術式が一致しなくて」

呪文には取説があって、それは誰が唱えてもいいように形式化しているとのこと。

多分、俺の世界のお経とか祝詞(のりと)みたいなのかなって思う。

魔術式は、個性や持っている魔力の属性とか色々な要素が絡んでくるので、個々によって微妙に違うんだそう。

魔力を持っていれば、呪文だけでも魔法を使えるけれどそれは軽くて弱い。一般の人が家事に利用できる程度のもの。

そこに魔術式を創ることによって、本格的な魔法が発動するんだって。

「アルビーはまだ魔術式を習ってないし、呪文だって教えてなかったから私ならすぐ解ける魔法かと思ったんだが……どうも、魔術式を構成していたらしい」

「……アルビーは絶対にもう、魔法を本格的に教えた方がいいと思うんだ、俺」

「本来なら七歳からなんだが、来年から教師をつけようかと思ってる」

来年はアルビーは四歳。三年早いけれど、妥当だろうとエリアス。

「私も四歳から魔法の勉強をはじめたしな」

「血筋かな？」

かもな、と苦笑いして下を向くエリアス。

「そうか。じゃあ、引っかかっている部分って、その魔術式なんだ」

「術式にも基礎があるから、全部丸っきり知らない術式じゃない。魔猫に変身する術式を探って、アルビーが創った術式に近いものを見つけて、解く術式を考える」

「その……、猫股に変身する術式って、たくさんあるの？」

「創った人の分、ある。これは魔猫に変身する術式に限ってのことじゃないんだ。どの魔法も、その人の個性が出るから、だから術式を創ったら図に書いておくんだ」

「なるほど。アルビーは呪文も術式もなしに魔法を使っちゃったから、記録もしてない。本人も覚えてない。だから大変なんだよね」

「そういうこと。これじゃないかという術式は見つけたから、あとは解く術式を考える」

おお！　感激する俺。

そう考えると、やっぱりエリアスは凄い。

基礎があるにしても、ほぼ手探り状態で俺にかけられた魔法を解こうとしているんだから。

「王宮魔法使いの筆頭だけあって凄いなあ、エリアスは」

「……そんなこと、ないさ」

感心している俺にエリアスはなんだか申し訳なさそうに笑い、また下を向いた。

――なんだか、その様子がエリアスっぽくなくて俺は引っかかりを覚えた。

次の日も朝起きると、いつものように猫股になった俺は、いつものようにエリアスとアルビー三人食堂で朝食を食べてから、エリアスを「いってらっしゃい」と見送る。

それからいつものように洗濯物を出して、部屋の掃除をして、というルーティンをこなす。

そして、いつものリュネット様の侍女がお迎え――なんだけど、その前に俺はアルビーによそ行きの服を着るように言う。

「えっ？　どうして？　いつものお洋服じゃ駄目なの？」

「今日はリュネット様と一緒に、お呼ばれしてるんでしょ？」

そう、今日はリュネット様と、いつものように遊ぶんじゃないんだ。

リュネット様の異母兄であるローランド王太子のお茶会に招待されてる。

「正式なお茶会じゃないけれど、いつもよりきちんとした格好で行こうね」

「はーい」

アルビーは素直に返事をしてくれたのでホッとした。

最近自己主張が強くなってきてるから、拒否されたらどうやって宥めようって考えてた。

成長の一つだからじっくり向き合いたいけれど、忙しいときだと困るのも事実。

「お靴も変えた方がいい？」

「うん、そうだね」

俺は、よそ行き用の革靴を口に咥えて出してあげる。

アルビーは一人で着替えるのは慣れているけれど、襟のリボンに手間取っている。

「うーん、きれいに横に結べなーい。お靴は結べるのにぃ」

そうそう、対面ではできるけれど、自分にやるとなるとできないことあるよね。

「じゃあ、こっちの紐状のネクタイにしようか？」

と、青いルースのついたポーラ・タイを勧める。アルビーのピアスと同じ色だから合うと思う。

「うん。……でも、この赤いリボンもったいないな～」

「あ、じゃあ俺の首に結んで。対面だから綺麗に結べると思う」

「いいね、それ！」

アルビーは喜んで、俺の首に蝶々結びをしてくれた。

それから自分でポーラ・タイを首にかけて、俺と一緒に鏡で確認。

白のブラウスに、紺チェックのベストと無地の五分丈(たけ)ズボン。

俺は、ベルベットの赤いリボンを首に。

「いいねえアルビー！　貴公子！」

「ハルも可愛いよっ！」

可愛いかぁ……。そこは格好いいって言って欲しかった……。まあ、猫股の姿じゃあ、可愛いの一択しかないよね……。

キャイキャイと互いを褒め合っていたら、丁度リュネット様の侍女さんがお迎えに。

「お二人とも、格好いいですわ」

と褒めてくれて、鼻高々な俺たち。

まずはリュネット様のお部屋まで出向いて、それからご一緒にローランド王太子の元へ行く予定だ。

けれどその途中で、会いたくない相手と出会ってしまった。

——モーラ夫人だ。

リュネット様の元へ行く道中で逢うなんて、今までなかった。

というのもモーラは猫が大っ嫌いで、毎日のようにアルビーが俺（猫）を抱いてリュネット様の元へ行くこの道を通ることなんてなかったから。

俺たちはモーラからしたら格下なので、侍女さんと廊下の端により、頭を下げる。

アルビーもさすが王宮に住んで長いので、そういうところはエリアスにみっちり教え込まれていて、きちんと頭を下げていた。

さっさと通ってくれ、という期待を裏切ってモーラは俺たちの目の前で止まった。

「今日は、ローランド王太子様とお茶会だそうねぇ」

しかも、話しかけてきて戸惑う。

って、誰が答えるんだろうか？　俺？　俺か？　猫股の姿だけど一番年長者だし、俺だな。

「はい」

と、短く答える俺。

「……おおイヤだ、喋る猫なんて。お前に聞いているのではなくてよ、そっちのエリアス様の甥に聞いているのです」

なんだよ。じゃあ、名前を呼べって。

「はい！　これから、いきます！」

アルビーは気にすることなく、元気に答えた。

「ほほほ、元気なこと。まあ、それだけが取り柄の子供らしくて結構なこと」

モーラは扇をひらめかせながら、甲高い声で笑う。

……なんだ？　モーラは子供も嫌いなのか？　それともアルビーが嫌いなのか？

ムッとしたけれど、黙って頭を下げ続ける。

「まあ、せいぜい楽しんでらっしゃい。今日は良い日よりですから、もしかしたら予想外の楽しいことも起きるかもしれませんしね」

そう言いながらモーラは去って行った。

頭を上げ、ホッと息をつく俺たち。

「『よそーがいの楽しいこと』って、なんだろう？」

アルビーが、ワクワクしながら尋ねてくる。

「アルビー様、それはモーラ様の皮肉でございますよ。ローランド王太子様と交流のないモーラ様は、口惜しくてそう言ってきたのだと思います」

侍女さんが珍しく憤慨した様子だ。

モーラと途中で会ったことと、言われた内容をリュネット様の母妃に報告する。

母妃は困惑した様子だ。

「陛下にご報告しましょうか？」という侍女の言葉に、母妃は首を横に振る。

「ご公務中に、お手を煩わせるわけにはまいりません。王宮内のことは主にわたくしに任されておりますし」

そう言うと、ローランド王太子の今日の護衛たちに「厳重な警戒を」と指示を出すよう命じて、俺たちは指定された場所へ出向く。

アルビーとリュネット様が話しながら歩いている中、母妃が俺を抱きそっと話す。

「わたくしは途中で退座する予定です。ハル、申し訳ありませんが、目を光らせておいてほしいのです」

「何かモーラ様に対して、気になることでもあるんでしょうか？」

「……モーラ様は、わたくしのことをお気に召していないのです。陛下が先の王妃を亡くして、また新しい妃を娶る(めと)とは思っていなかったようなので……」

同じ王宮に住んで、夫同士が兄弟なのだから仲良くしたいのですけれど、と哀しく笑ったのが心に残った。


場所は、王家の人しか入れない庭にある四阿(あずまや)だった。

到着するとすでにローランド王太子がいて、椅子から立ち上がり出迎えてくれる。

「ようこそいらっしゃいました。義母上(ははうえ)様、リュネット、アルビー、そしてハル」

ローランド様はフリルの襟に、長めのベストにスリムなキュロットを穿いていて『王子様』感が溢れ出ている。あまりに似合いすぎて、後ろに大輪の薔薇が見えるという幻影が！

容姿も金髪に青い目の美少年だから、キラキラしすぎて目がチカチカする。

「お久しぶりです、お兄さま」

リュネット様が淑女らしくドレスの裾を掴み、お辞儀をする。カーテシーってやつかな？

俺とアルビーも、首を下げてご挨拶。

「このたびはこのような席にご招待いただき、光栄の極みにございます」

アルビーの代わりに俺がローランド様に挨拶をする。いくら非公式の身内の茶会だとしても、祭りにお忍びで会ったときのようなフランクな対応は駄目だろう。

事前にエリアスに「どんな挨拶をしたらいい？」と聞いておいてよかった。

「堅苦しい挨拶はそのくらいで。今日は久しぶりにリュネットとくだけた話をしたくて、アルビーとハルも一緒に招待したんだ。――それと」

と、ローランド様は視線を後ろに向ける。そこにはトリスタンが。

「堅苦しい日常だからね。たまに気のおけない者たちで集まって、こうしてお喋りをしているんだよ」

トリスタンも座って、とローランド様は誘うけれど彼は、

「いえ、私はここで結構です」

と遠慮する。

柔らかい物腰で断りをいれるトリスタンだけれど、ちょっと緊張している感じがする。先ほど、リュネット様の侍女とコソコソ話をしていた。多分、モーラのことを聞いて警戒態勢に入っているんだろう。

「なんだ、いつもは『今回の菓子はなんですかな?』ってウキウキしながら座るのに。リュネットがいるからかな?」

「酷いですなぁ、ローランド様は。私が食いしん坊だってことを、リュネット様にばらしてしまった」

トリスタンの言葉に、周囲からどっと笑いが起きる。

俺はトリスタンが食い意地が張っていることを知っているので、鼻で笑うだけにした。しばらく「座って」「今回は結構です」というローランド様とトリスタンの攻防戦を見学して、頑ななトリスタンにローランド様が負けを認めて終了した。

ローランド様は不服そうな顔をしているけれど、そこはさすが王太子。俺たちには優しい笑みを浮かべて見せる。

日頃から自分の感情を抑える訓練をしているんだろうな。

でもやっぱり、ローランド様はトリスタンのことが気に入っているんだってわかった。

「トリスタンたちも時々、お菓子をつまめばいいわ。こっそりと」

とリュネット様が、すました様子でお茶目なことを言うものだから、また笑いが起きた。

本人は気の利いた意見を言ったつもりでいたのに笑われたので、「どうして笑うの？」とおかんむりになる。

「いやいや、さすがリュネットだ。いい提案をしてくれたと思うよ」

兄であるローランドが「いい子」と妹の頭を撫でてくれたので、リュネット様のご機嫌が直ってホッとした。

アルビーは話なんてそっちのけで、テーブルに所狭しと置かれた美しいお菓子やサンドイッチをガン見している。

「アルビー、口の端から涎が出てるよ」

俺は二本の尻尾を使ってアルビーの涎を拭いてやる。

「アルビーはお腹が空いているようですよ。そろそろ始めましょうか」

母妃が促すと、侍女たちがお茶の準備を始めた。

ボウルで手を洗う。俺用に小さなボウルを用意してくれた侍女さんに感謝。

カップに注がれる紅茶の香りに、俺は鼻をひくつかせる。

「あ、苺の匂いがする。あと何かの花の香りも」

「はい。乾燥させた苺と薔薇をブレンドした茶葉です。ミルクティーにして飲まれても美味です」

侍女の説明に「優雅だなぁ」と呟く俺。

「ぼく、ミルクティーがいいなっ」

「私もそうして」

お子様組はミルクティーをご所望。

お子様以外の俺たちはストレートで飲むことに。まぁ。俺は猫股だけあって猫舌なので冷めるまで待つけれど。

それからおのおの、好きな物をお皿にチョイス。けれど、自分からは取りません。全て侍女にお願いします。そこは面倒だね。

「ぼくは……たまごと、ハムのサンドイッチ！　それと、それ、ジャムがはさんであるケーキと、えーと、生クリームの苺のケーキと、それとそれと……」

「アルビー、そんなに食べられるの？」

心配して俺は口を挟む。けれどアルビーは自信たっぷりに言い切った。

「小さいからだいじょうぶ！」

まあ、確かにサンドイッチもケーキもクッキーも一口サイズで作られているけれど、大人の一口だしなぁ。

俺は控えめにしておこう。アルビーが残したら俺が食べられるようにしておかないと。

おのおの好きな菓子を取ってもらって、食べながらお喋りをする。

ローランド様は俺に興味津々で、色々話を聞いてきた。

「異世界からきたと言うけれど、ハルの世界はどんな世界なの？」

「車に電車……？　それはどういった物？」

「デジタル、ＡＩ……難しいね、想像つかないな」

最初、物珍しい話に耳を傾けていたリュネット様だったが、テクノロジーとかエンジニアリングとか、バイオテクノロジーとか、そういった話に移行すると飽きたようだった。

「ねぇ、ハル。もっと他のお話ししてほしいわ。たとえば……ハルの世界にある、きれいな景色とか、お祭りはどんなものがあるとか聞きたいわ！」

「ん～、そうですねぇ。俺の住んでいた『日本』には『温泉』というものがあって、場所によって成分や効能が違うんです。色もそれぞれで赤かったり白く濁っていたり、無色透明だったり……特に有名なのは白く濁っている温泉で『湯ノ花』って呼ばれています」

「『温泉』か。我が国にはないな。面白そうなのに残念だ」

「男女別に入りますが、たま～に混浴もあります。今はそうないけれど。一緒にお風呂に入ることで仲良くなろうということで『裸の付き合い』とかいう言葉もあるくらい、メジャーなんです」

「そうなのか？　……そうか、確かに。一糸まとわぬ姿になって入るということは、それだけ仲がいいということにもなるな」

「そうですね。何も隠さずに話し合える気さくな人間関係だ、ということに使う例え言葉にもなっています」

「そうか……いいなぁ。私も、そういった『裸の付き合い』ができる者の存在が欲しい」

ローランド様が切実そうに漏らした。

「ローランド様はまだお若いのですから、これからそういった関係のご友人たちをいくらでもお作りになれますよ」

母妃がそう慰める。

「……そうですね」

ローランド様は頷くけれど、多分『裸の関係』になりたいのは『友人』じゃないんだろうな、と俺。

そこで一旦話の区切りと、母妃は立ち上がる。

「ローランド様、恐れ入ります。わたくし、これから他の用事が入っておりますのでこれで失礼いたします」

「はい、聞いております。音読会があるのですよね。お付き合いくださり、ありがとうございます」

「リュネットはまだ残るので、申し訳ありませんがお付き合いくださいませね」

「まあ！　ひどい、お母さま！　わたしだって立派なしゅくじょですよ、お兄さまにご迷惑などかけません！」

「あらまあ、失言だったかしら？」

また笑いが起きる。

「義母上、リュネットはいい子です。大丈夫、ご心配なさらぬよう」

ローランド様の言葉に母妃は柔らかな笑みを浮かべると、

「ではよろしくお願いいたします」

と頭を下げて、去って行った。

「もう、お母さまったら！　わたしだっていつまでも子供じゃないわ！」

プンプンしてますけれど、俺から見たら六歳の女児。まだまだ子供です。

「来年から王女教育が始まる。きっとそれまでは、子供っていう認識なんだよ、リュネット」

ローランド様が助言する。そうか、そういえばエリアスも「七歳から教育が始まる」って話していたな。

優秀な子は、もっと早い年齢ではじめるみたいだけど。

アルビーもエリアスも、この世界では優秀なんだろうな、うん。

「ぼくも、らいねんから、マホーのべんきょうをはじめるんだよ」

と、アルビー。

「さすが王宮魔法使い筆頭のエリアス殿の甥っ子だね」

「えらい？　えらい？」

「ええ、偉いというより、凄いよ」

ローランド様に頭をナデナデしてもらって、ご満悦な様子のアルビー。

「わ、わたしだって、王女教育のなかに魔法の勉強も入っているもの！　アルビーに負けないわ！」

「うん！　じゃあ、らいねんは、マホーのみせあいっこしようね！」

「いいわよ！」

二人の会話を聞いた俺、ローランド様に、

「……そういうの、いいんですか？　子供同士で魔法をかけあうのって、危なくないですか？」

と口元を引きつらせつつ、真顔で尋ねてしまった。

「まぁ、危なければ付き人や周囲の者が止めてくれるかと……」

冷や汗を掻きそうなのに笑顔で答えたローランド様は立派だと思った。

だって、想像すると怖いもん。特にアルビーの魔法は。

俺は平皿に注がれた紅茶を飲む。冷めても美味しい。人の姿だったら、冷めないうちに飲めてもっと美味しいんだろうな、なんて思っていると――なんだかどこからか騒がしい声が聞こえてきた。

騒がしい、というより、悲鳴だ！

「トリスタン！」

「はい」

ローランド様はすぐにトリスタンに声をかけ、彼は帯剣に手を当てながら悲鳴の方角に走っていく。

ここにいた護衛の半分は一緒にかけていく。残りの半分は俺たちを囲むように陣を取り、臨戦態勢に入った。

この軍隊の統率感！　緊張してるのに高揚してしまう。

「あの方向って……お母さま……？」

リュネット様が気づき、顔が真っ青になって震えだした。

「リュネット、大丈夫だ。トリスタンが行った。強い魔法騎士だからきっと助けてくれる」

「リュネット……」

みるみる瞳に涙が溜まっていく妹を、ローランド様が抱きしめた。

アルビーも、隣でリュネット様の頭を撫でている。

俺は——俺も、そうだ。今、猫股じゃないか。

必殺技の電気玉だって作れるんだ。二本の尻尾は伊達じゃないってこと。いざというときに、俺も守るために戦わなきゃ。

すぐに尻尾を立てて、臨戦態勢に入る。

トリスタンが走って行った先では大騒ぎになっているようで、こちらにも怒号が聞こえてくる。

あと、何かが草木を揺らす音と変な鳴き声。人じゃない動物の鳴き声だ。

聞き覚えのある声だけど、ドスが利いていて聞いてるだけで迫力満載だ。

「なんだろう？　豚？」

と、俺が呟いたときだった。

低木をなぎ倒しながら全力疾走でやってきたと思われる生き物に、俺の毛は逆立った。

見かけはイノシシに似ている。

けれどこんなイノシシ、見たことも聞いたこともない！　という相貌だ。

全体的に真っ黒で、毛ではなく昆虫のような硬そうな甲羅に包まれている。

頭から背中にかけては、馬の鬣のような真っ白な毛が生えている。

鼻先の奥まった場所からは、それはそれは立派な牙が生えていた。

「魔獣だ！　どうして王宮にいるんだ⁉」

残っていた護衛の一人が叫んだ。

護衛たちがローランド様を含む俺たちの前に立ち塞がり、魔獣に剣先を突きつけた。

誰かが魔法の詠唱をしている。

突然の魔獣の出現にリュネット様は泣き出し、アルビーはポカンとしている。

「リュネット、大丈夫だから。私の傍から離れないで。アルビーも」

ローランド様は魔獣を見せないようにリュネット様やアルビーを包むように抱きしめ、後ろに下がっていく。

「ローランド様、俺も護衛に入ります。アルビーをお願いします」

俺は尻尾をクルクル回し、電気玉を作り始める。

「ハル、あの魔獣は見かけよりずっと素早い。よほど狙わないと投げる攻撃は難しい。投げるとしたらかなり近づいてからではないと……。ここは護衛たちに任せましょう。トリスタンも直に、戻ってきます」

なるほど。経験不足の俺では下手したら他の者にあたってしまう可能性があるのか。

「……突破して来たときのために、小さい電気玉を作ります」

俺は、トリスタンが間に合わず、魔獣が護衛を突破してきたときの、万が一の攻撃に備えることにした。

イノシシ型の魔獣は涎を垂らし、興奮しているようだった。

グルルルル、と唸りながら血走った目をこちらに向けて足を踏みならしている。

護衛の詠唱した魔法が発動した。

突然、魔獣頭上に網が現れ、魔獣を包んだ。

「やった！」

と、喜んだのも束の間——魔獣が体を大きく揺らすとバリバリ、とけたたましい音を立ててその網が破けてしまった。

それが余計に魔獣を興奮させてしまったらしい。「ブオォー！」という鼻息を鳴らし、魔獣がこっちに突っ込んできた。

「王太子をお守りしろ！」

魔獣の後ろから怒鳴りつけるように命令する声が聞こえた。トリスタンだ。

同時に、トリスタンの剣が空を切った。

振るった剣から炎が生まれ、轟音と共に魔獣を攻撃する。

おお！　これが魔法も使える騎士の技か！　ゲームとか映画の世界だな！

――なんて感心している場合じゃなかった。

炎の剣は、ダメージがなかったらしい。カブトムシのような甲羅は伊達じゃないのか。

奴は無傷でこちらに突進してくる。

護衛たちが身を挺してくれているけれど、何人か弾き飛ばされている。

「リュネット、アルビー、こっちへ！」

ローランド様が護衛の誘導で逃げようとするが、リュネット様が恐怖で、その場から動けなくなってしまっていた。

「む、むりぃ……足が、うごかないぃ……」

腰が抜けたのか、その場に座り込んでいる。

護衛がリュネット様を抱き上げて逃げようとしたときだった。

その護衛に魔獣が体当たりしてきた。

「あっ！」

リュネット様が宙に飛んでしまった。

「リュネット！」

ローランド様が飛び込んで、落ちるリュネット様をキャッチする。

魔獣と俺との距離が近い。電気玉を当てるなら今だ！

二つの尻尾に挟まれて宙に浮いている状態の、いつもより小さい電気玉を魔獣に向けてぶつける。

「ブギィッ！！」

電気玉は魔獣の身体の中に入っていきビリビリと、感電したような音が鳴った。

魔獣は酩酊したように体をふらつかせる。

やった、上手くいったか？

——けれど、頭を振って意識を取り戻したらしかった。

「やっぱ電気玉、小さかったみたいだ」

小さくても威力はあると思ったんだけど、現実はそう上手くいかないようだ。

しかも、失敗を悔やんでいる暇はない。

攻撃が自分に当たったことに、魔獣は怒りだしたようだった。

荒い鼻息のまま、俺に突進してくる。

「あ、やばっ！」

「ハル！　にげてぇ！」

アルビーが叫ぶ。

間一髪、ジャンプして避けた。こういうとき、猫でよかった。

けれど、姿そのものの猪突猛進状態の魔獣は、再び俺に向かってきた。

やばい！　イノシシもどきを倒して！

――エリアス！

咄嗟にエリアスを思い出し、心の中で愛しい人の名を呼んだ。

「もっと早く呼んでくれ」

「……えっ？」

猫の俺を抱き寄せる、温かな腕。冷静で感情が乏しいけれど、俺の心に心地好く響くバリトンボイス。

「エリアス……」

魔獣に向けてもう片方の手をかざす。

「雷弾」

一言、魔獣に向けて告げた瞬間――雷の鳴る音と眩しい光の筋が空から数十個落ちて、魔獣の体を貫いた。

あっという間の出来事だった。

魔獣はプスプスと音を立てながら、その場に倒れた。

「すご……」

一瞬にして倒してしまった。

倒れた魔獣に、とことことアルビーが近づいて、俺とエリアスは慌てて止める。

もう事切れていると思うけれど、念には念を入れてだ。

「駄目だよ、アルビー。こういうのは護衛の人たちに任せよう」

「だって、図鑑で見たことのない、まじゅうだったんだものっ」

「そうなの?」

エリアスと顔を合わせる。エリアスは神妙な顔をして頷いた。

「私も初めて見る魔獣だった。効果があるかどうか雷系の攻撃を出したが、効いてよかった」

「正解だよ。トリスタンが炎系の魔法剣使ったけど、平気だったし」

「……しかし何故、王宮に魔獣が?」

と、エリアスはローランド様とリュネット様の傍に付きながら、現場の指示を出してい

るトリスタンに視線を移す。

「もう、お茶会は中止だろう。ハルとアルビーを部屋まで送っていこう」

「そうだね。アルビーもいいね？」

「うん。……リュネットは、だいじょうぶかなぁ？」

侍女さんに抱きしめられ泣きじゃくっているリュネット様を、アルビーは心配そうに見つめている。

「挨拶するから、リュネット様にお声をかけるといい」

エリアスはそう言うと、俺たちを連れてローランド様とリュネット様、そしてトリスタンの傍へ行く。

「邪魔になるだろうから、私はハルとアルビーを連れて退出する」

「ああ。すまんがハルとアルビーを部屋まで送っていったら、エリアスは戻ってきてくれないか。魔獣の出現経路とか調査することが色々あってな」

エリアスが頷く。

アルビーは、泣いているリュネット様の傍に行って、「いいこいいこ」してる。

年下でも男の子してるなって思う。

「じゃあ、またここに戻ってくればいいのだな？」

「ああ、すまんな」

エリアスとトリスタンが短い会話をして、宿舎に戻ろうとしたときだった。

「エリアス・シルバーレイクと、魔猫のハルを捕縛せよ！」

怒声で命じる男の声に、俺とエリアスは後ろを振り向いた。

中年の男と新しくやってきた兵士に、俺は目を丸くする。

あの顎周りにモジャ髭（ひげ）を生やしている男――確か、モーラ夫人の夫で王弟のディミトリだ。

一度しか会ったことないけれど。そう、俺の尻尾をグリグリと踏みつけたモーラ夫人に代わって謝罪にきたときに会った。

しかも、被害者である俺に謝らないで、エリアスに謝っていた。

王弟で日頃国王陛下の補佐をしているけれど、正式な役職についていない。

陛下と同じオールマイティに仕事をこなさなければならないので、役職をつけないいんだって。

なかなか優秀な人らしいけれど、惚れ抜いて頼み込んで結婚してもらった奥さんのモーラには頭が上がらないと。

まあ、若い頃は『超絶』がつくほど美人だったらしいから、モーラ。年を経た今は、性格の悪さが顔に出てしまって『小説や映画に登場するような悪女』面になってると俺は思っている。

——それは置いておいて。

「ほばくぅ？　ほばくって、つかまえることでしょ？　どうしてハルとエリアスを、つかまえるの？　まじゅうじゃないのに」

アルビーが声を出して純粋な疑問を投げかけた。俺とエリアスも首を傾げる。

トリスタンが、

「王弟殿下、どういうことです？　説明してください」

と、彼に詰め寄る。

筋肉モリモリの巨体トリスタンに近づかれ、ディミトリは痩せた体を後退させる。

「エ、エリアス・シルバーレイクは王宮魔法使い筆頭という地位を利用して、通常の動物たちを魔獣に変えるという生体実験をしていると報告があったのだ。そして今回、王宮の飼育小屋にいた豚を魔獣に変え、王妃や王太子、および王女に害を与えた！」

「生体実験？　してませんが」

あっさり、きっぱりと答えたエリアスに一瞬、声を詰まらせたディミトリだったが、

「偽(いつわ)りを申すな！　裏はとれておる！　そこにいるハルという魔猫がその証拠であろう！　猫を人の姿に変化できる魔獣に変えたのだ！」

「俺？　俺は元々人間ですけれど？　『猫を人』じゃなくて『人が猫』ですし、これは事故です」

そう、これは事故。

ぜったいにアルビーに罪をきせない。

アルビーはショックで青い顔して、俺とエリアスの顔を交互に見ている。

「違うよ、アルビーのせいじゃない。アルビーはわざとじゃないんだから」

俺は力強く主張した。

エリアスはアルビーを抱きしめる。顔をエリアスの胸に埋めたアルビーから泣くのを堪(こら)えている声が聞こえだした。

「どこかで誤解が生じたらしい。王弟殿下、その報告とやらは、どこからの情報なのです？　陛下の御前で協議する内容ではありませんか？」

エリアスが淡々と告げる。

けれど、口調が厳しい。冷たさまで感じる。

「……くっ！　黙れ！　私の妻、モーラまでそこの魔獣のせいで怪我をしたのだ！　妻の証言だってある！　――お前たち！　咎人を捕らえよ！」

ザッ、と俺とエリアスの周囲を兵士等が囲む。

けれど兵士たちは、内心びびっているのか、罪を疑っているのか戸惑っているのがわかる。

「申し訳ありません、エリアス様」

「俺たちはエリアス様を疑っていません」

と言ってくる。

エリアスは手をかざすと、彼らを止める。

「捕縛せずとも、自らの足で行こう。私は無実だからね」

と、宣言。

格好いいわ！　エリアス！　惚れ直した！

そして――。

「ディミトリ叔父様、これは由々しき問題です。捕縛せず、まずは話を聞きましょう」

「そうです。エリアスは王宮魔法使いの筆頭。一時の感情に任せてはなりません。陛下を交えて真偽の検証をするべきです！」

ローランド様とトリスタンも俺たちを守るように立ち、ディミトリを説得してくれる。

ローランド様、さすがです。

トリスタン、見直したぞ。

引っ込みがつかなくなっているのかディミトリは、ぐぬぬと喉を鳴らし俺たちをねめつけている。

緊迫している中、今までエリアスの胸に顔を埋めていたアルビーが、「あっ」と言って顔を上げ、ディミトリの方を見つめる。

「モーラおばちゃん、けが、したの？　おばちゃんのそばに、いてあげなくて、いいの？　おばちゃん、けがして、きっとおじちゃんに、そばにいてほしいんじゃないかな？」

「……あっ」

アルビーの言葉を聞いたディミトリは、毒気が抜かれた顔をした。

そして、急にオロオロとしだす。

「そうであった。モーラの美しい手のひらに擦り傷ができて、痛くて泣いているのを見て頭に血が上っていた。一人で痛みを堪えて、さぞかし不安で泣いているだろう……！」

「王弟殿下、俺とエリアスは逃げも隠れもしません。呼び出されたら素直に応じる所存です。とにかく今は夫人の傍にいて、慰めてさしあげてください」

あのモーラが不安で泣いているなんて想像もつかないけれど、ディミトリの前では可愛い女性なのかもしれない。

それに上級貴族のモーラは、怪我なんてしたことのない人生を送ってきたのだろうから、手のひらの擦り傷でも死んでしまうと思うくらいなのだろう。

なら、傍にいてくれた方が、彼女にとって励ましになる。

「う、うむ……。そうだな、早計であった。モーラの哀しむ姿に頭に血が上ってしまったようだ」

「そうですよ。いつもの冷静な判断をする叔父様らしくないと思っていたら、モーラ様がお怪我をされたのですね。早く傍に行ってあげてください」

ローランド様の言葉にディミトリは、頬を赤く染めながら頷く。

「すまない。エリアス殿、あとで話を聞く。部屋で待機をするように」

「承知しました」

ディミトリが兵と一緒に引き上げていき、俺たちはホッとする。

「まあ、無実だし、尋問（じんもん）されても問題ないだろう」

トリスタンがやれやれと肩を回す。

「あの方はモーラ様が絡むと、人が変わりますから」

と、苦笑いするトリスタン。もしかして毎度のことなのかな？

それより――俺はエリアスの右腕で抱っこされているアルビーの頭を撫でる。

「アルビーは優しいな。真っ先にモーラ……夫人のことを思い浮かべて」

そうだ。俺は自分とエリアスが罪にきせられていることだけに頭がいってしまっていた。

あの魔獣で怪我をした人がいて、その人のことを慮る余裕がなかった。

例え、日頃気に入らない相手だとしても、怪我したらやっぱりいい気分はしないし、心配する。

アルビーはそれだけじゃなくて、怪我をした人が心細い思いをしていることに気づいていた。

「アルビーは、モーラ夫人の気持ちをも考えることができるんだ。それって凄いことだよ」

「えへへ。だっていたくて、こわい思いしたら、すきな人にそばにいてほしいでしょ？」

気恥ずかしそうに笑うアルビー。

――優しい心を持つ子に育っている。

俺とエリアスは、ご褒美のキスをした。

八章　トリスタンの告白

後日、王宮に魔獣が出現。被害を受けた件に関して陛下主導で呼び出され、話をした。

王都と王宮は外部から魔獣や魔法攻撃、または呪いなどを受けないように結界が張り巡らされていると言う。

だとしたら——王宮内部にいる者の犯行しかあり得ない。

一番疑わしいのは、オールマイティーな魔法使いのエリアスだと真っ先に頭に思い浮かんだディミトリは、

「きっと、あの化け猫とエリアスのせいよ」

と泣きながら痛がっているモーラの話を、真に受けてしまったらしい。

『王宮魔法使い筆頭という地位を利用して、通常の動物たちを魔獣に変えるという生体実験をしていると報告があった』

という話はどこからきたのか？

陛下の問いに、ディミトリは報告書を掲示した。

『筆頭』という文字は書かれていないが、確かに「小さな動物を魔獣に変える実験をしているのを確認した」と書かれてある。

この報告書を書いた書記官を呼び出し、詳しく話を聞いた。

――結果、エリアスに対する嫌がらせだと判明したのだ。

夜、人に戻った俺とエリアス。そしてトリスタンの三人で、食堂でチビチビ酒を嗜みながら二人から事の真相を聞いた。

あっ、アルビーはしっかりと寝かしつけたからね。

「どういうこと？」

俺の問いにエリアスとトリスタンは視線を合わせたけれど、エリアスの方が気まずそうに視線を下に向けた。

俺、ピンときたね。

「……もしかしたら、エリアスと以前、付き合っていたとか、片想いしていた相手かな？」

「付き合ってない！」

バッと顔を上げながらエリアスは、俺の言葉に反論する。

まあまあ、とトリスタンは俺に「落ち着け」と言わんばかりに両手で制する。

「いや、落ち着いてるし、怒ってないし。俺に言いづらいことならきっと『好いた惚れた』の横恋慕系かなって。二股って、エリアスはしないタイプだと思う」

一緒に住んでまだ短い期間だけど、エリアスの人柄は理解してきているつもり。

恋愛はしごく真面目で、一人だけを愛するタイプだ。

これだけイケメンだと今までモテて男女問わずに言い寄ってきただろうけれど、本気の相手じゃないと自分から動かない感じだ。

「しかも、控えめなアプローチだと、全く気づかないような気がする」

「ああ、そうだ。さすがハル、エリアスのことよくわかってるな」

ほお、とトリスタンが感心している。その横で苦虫を噛みつぶしたような顔で酒を呑むエリアス。

エリアスはグラスを口から離し、溜め息を一つ吐く。

前髪を手で後ろに流す仕草も、憂いがあってグッと色っぽい――トリスタンがいなければ、隣に座っていちゃつきたいくらいだ。

「……ハルも、魔法研究所の受付嬢、知っているだろう？」

「うん、行くといつも元気に挨拶してくれる女の子だろう？　……もしかしたら、その子が？」

ええ⁉　あの子が？　ふんわりした雰囲気の魔女っ子で、とてもそんな陰湿なことするように見えないんですけど⁉

「いや、その子——ジェダという子なんだが、彼女に片想いしていた書記官が、今回の主犯なんだ」

「振られた腹いせってこと？」

ちょっとムカつきながら尋ねる。勿論、エリアスにじゃないよ、その書記官にね。けれどエリアスもトリスタンも首を横に振る。

えっ？　違うの？

「ジェダがエリアスのことを好きだと勘違いして、『彼女の想いを受け入れないエリアスに罰を』という理由で、嘘の報告書を書いたのさ」

「……ええと、ジェダって魔女っ子はエリアスのこと、どう想ってるの？」

「『尊敬する上司』で『それ以外の感情はない』ってよ」

「じゃあ、書記官は自分の思い込みで事件を起こしちゃったわけ？」

俺の答えにエリアスもトリスタンも、疲れ切ったように頷いた。

きっと書記官とジェダを呼んで追及したんだろうな。

そして、書記官の独りよがりな思い込みを散々聞いて疲れたんだろう。

——でもそれにしたって、まだ疑問がある。

「でも、魔法攻撃のできない王宮の結界の中でどうして魔獣が現れたんだろう？　やっぱり家畜の中から発生したの？」

「一応、魔法の実験のために王宮の敷地内では、ある場所限定に魔法攻撃が有効な場所があるんだ。それか事前申請して、その場所だけ解除しておく」

「なるほど」

「今回は結界がある場所でも私は王宮で普通に魔法攻撃が扱えるから、余計に疑われたのだろう」

「そういえば『雷弾』って使ってたね。——あれ？　でも、俺だって小さいけれど電気玉使ってたし、それを言えばトリスタンだって……」

「——これさ」

と、エリアスとトリスタンは耳朶を見せる。

「ピアスか！」

「場所を確認する機能だけじゃないんだ。私とトリスタンとハルのピアスは『魔法攻撃を承認』の印のピアスなんだ」

「じゃあ、アルビーのピアスは？」

「アルビーのは青いだろう？　承認されず攻撃魔法を唱えても使えない」

「そういう色分けなんだ」

なんかちょっとガッカリ。エリアスとお揃いの色だから、てっきり、恋人のって思ってた。

――そう考えたらトリスタンともお揃いだし！　俺は首をブンブン横に振って拒絶する。

「……ただ、今回の魔獣化は、意図的な可能性もある」

エリアスが神妙な様子で語り出す。

それが最大の謎だろう。

「ハルの推測通り、家畜の豚が一匹いなくなっていた。多分、そいつが魔獣化したんだろう」

「普通の家畜が急に魔獣化って……この世界じゃ常識？」

恐る恐る尋ねる。だって怖くないか？　大人しくて可愛い豚が、ある日突然に魔獣化して襲ってくるんだぜ？

「薬を使って変化させた可能性があるんだ」

「その書記官が？」

「嘘の報告書に魔獣化した家畜、偶然にしてはできすぎだ」

「だから書記官の裏に指示役が存在しているのか尋問中だし、あの丸焦げになった魔獣の解剖も急いでいる」

エリアスとトリスタンはそう言った後、また切なそうに溜め息を吐いた。

「なんだか、イヤそうだね」

「……この件で、しばらく残業なんだ」

エリアスが申し訳なさそうに口を開いた。

トリスタンは、書記官の周囲を調査。

エリアスは、魔獣を解剖し解析。

「ここのところ、ずっと平和だったのに……」

珍しくエリアスがぼやく。

「頑張って、エリアス！　俺もできることがあったら手伝うよ。なんでも言って」

心底イヤそうな顔をしているエリアスも珍しい。イヤそうに顔を歪めてもイケメン度が変わらないって罪だな。

俺の応援にエリアスは——眉尻を下げて、寂しそうな顔をした。

えっ？　どうして？

俺の励ましって、どこかおかしかった？

「……そりゃあ魔法の使えない俺じゃあ、役に立たないかもしれないけれど……」

思わず口に出してしまう。

「そういうわけでは……その……」

エリアスは、言いにくそうに口ごもらせる。

何だろう？　ハッキリ言えばいいのに。

「魔法が使えない俺じゃあ頼りないだろうけれど、仕事の補助くらいなら教えてくれたらできるよ？　家事だって俺に任せてくれればいい」

「ああ、ハルなら任せられる。わからないことは『わからない』って言って聞いてくれるし、飲み込みも早い。ハルの世界で社会人としてきちんと仕事をこなしてきたんだって、ちゃんとわかってる。頼りにしている」

「じゃあ、なんでさ？　寂しそうな顔をしたの？」

「それは……」

エリアスの視線が下に向く。最近、こういうことが多い。

というか、都合の悪いことを聞かれると視線が下に向いてしまうことを俺は知ったんだ。

言いづらいことで、どう切り出したらいいのか悩んでいる感じだ。

俺に慣れてきたのか。

それとも俺がエリアスの癖を見抜くようになったのか。

気になってしまって、口を閉ざすことができない。

「エリアスがそんな顔をするのって、何か俺に言いたいことがあるからでしょう？　不満があるなら口に出して言ってほしい。でないと、俺が余計なことをしてしまうかもしれないし」

「不満……というほどじゃないんだ。ただ、俺の周辺の人間はいつも俺に遠慮するなって……」

「遠慮？」

ああ、と頷くエリアス。

「私がこういった職で、時々、妹を探すために異世界に行って留守にするせいか……俺に対して壁を作る者が多い。……ハルの言動が時々……そう感じるんだ」

「はぁ？」

俺、今、すごく顔が歪んでいると思う。

「今の俺の言葉が、信用できない？」

「そうじゃない、信用している。……しかし……」

「『しかし』なんだよ？　エリアスが忙しいとき、邪魔にならないよう他の仕事をサポートするのって当たり前だと思ってる。でも、それはエリアスを思ってのことだよ？　どうしてそれが『壁を作っている』って思うの？　おかしいよ、それ」

「……わかっている。ハルは純粋に俺の仕事のことを考えて、サポートに回ろうと思っていることも」

「──じゃあなんでそれが、俺がエリアスとの間に壁を作ってるって考えるんだよ！」

煮え切らないエリアスの言動に、俺はイライラしてテーブルを叩いてしまった。

トリスタンがおつまみと、自分の分のグラスだけ避難させる。

自分のエリアスへの想いを、気遣いを、拒否されたようでつい、テーブルに八つ当たりしてしまう。

「……おかしいよ。俺、本当にエリアスに負担をかけたくないから、早く任務を終わらせてほしいからって言った言葉なのに……それを否定してさ……性格、捻くれてるよ」

「ハル……」

俺の名を呼ぶエリアスの言葉が、ことさら哀しく俺の胸に響く。

泣いているように聞こえて、エリアスの顔を見られなくて──。

俺は席から離れると、早足で部屋に戻った。

アルビーの横で毛布被ってふて寝していたら、エリアスが帰ってきた。

寝室の扉をそっと閉めて、こっちに近づいてきているのがわかる。

ベッドが沈む。俺の身体のすぐ横にエリアスが座った。

「ハル……起きてるか？」

耳元で囁いてくる。俺は目を開けてエリアスに抱きつきたくなる。

でも、我慢だ。というか、怒ってるんだぞ、俺。

どうしてエリアスに対する俺の気遣いが「壁を作ってる」って言って、寂しそうな顔をするんだよ。そこは喜ぶところだろう？

どうするのがエリアスにとって正解だったのかなんて、わからない。

でも俺だって、俺の気持ちを拒否されたようですごく哀しかった。

「……ハル」

エリアスがまた俺の名を囁く。身体がゾクゾクしてしまうのを誤魔化すように俺は「うん」と言いながら寝返りを打った。

今は彼と話したくない。きっと絆(ほだ)されてしまう。

背中を向けた俺から、エリアスが離れていった気配を感じた。

アルビーを挟んで向こう側に横になったみたいだ。

小さなアルビーの身体が今夜は大きく感じて、二人の間に大きな隔たりができたように感じた。

ペチペチ。

「ハァル、ハール、おきて、朝ごはんのじかん、おわっちゃうよっ」

アルビーの声と頬を叩かれて、俺は伸びをしながら起きた。

一人でさっさと部屋に戻った後、俺はアルビーの横で狸寝入りを決め込んで、そうしているうちに本当に寝てしまったらしい。

「おはよう、アルビー」

「今日は、おねぼうさんですねっ。お酒の、のみすぎですよっ」

なんてお兄さんぶった言い方をして、アルビーは俺の頭にタオルを被せる。朝になって猫の姿になった、俺用の洗顔タオルだ。

「今日も相変わらず猫股ですな」

俺は溜め息を吐きながらベッドから飛び降りると、アルビーと一緒に洗面台へ。

エリアスはとっくに仕事に行ったそうで。

アルビーと顔を洗って食堂に向かう。

今日はオートミールだ。……ちょっと、いや、大分苦手なんだよな。

粥は米が一番だよ、と思いながらも、アルビーの前では好き嫌いなど口に出せず。

アルビーも苦手なようでイヤそうな顔をしながらスプーンですくい、口に運んでいく。

俺とエリアスの間でなにか起きたのかわからないながらも、何かを察しているようでアルビーは、文句も言わずに黙々とオートミールを食べている。

栄養があるからな。俺は味ではなくて栄養を食べているんだと心の中で何度も呟きながら食べきった。

それから日課の掃除と洗濯物を籠に入れて外に出して、洗濯済みのものを部屋で畳む。

日課の業務を終わらせると、リュネット様の侍女が迎えに来るんだけれど、先日のお茶会襲撃事件で、しばらくはお休みするということだ。

リュネット様、怖がっていたもんな。

「あっ」とアルビーが、何かを思い出したように声を上げた。

「あのね、ごごのでんきちくせき？　マジュツけんきゅうじょで、いつもハルがやってるやつ、あるでしょ？　あれね、しばらくはいいですって。エリアスが」

「そうか、わかった」

俺に直接言えばいいのに。

ムカッときたけれど、朝は熟睡してたから起こし辛かったのかな。昨夜のこともあるし。

――さて、今日はリュネット様と遊ばないし、魔法研究所にも行かない。

時間を持て余しそうだから、何か遊びを考えないと。

昼まで体を動かす遊びをして、昼食のあとは本を読んであげながらお昼寝へ。

昼寝から起きたら自由時間。

うーん、と俺は後ろ足で立って、前足で顎に手をあて考えに耽る。

元々人間だから二本足でも見よ、このバランスのよさ！

「ねえねえ、ハル。今日は、りょうりきょうしつ、したい！」

アルビーから提案された。

そういえば最初の頃、アルビーと簡単なおやつを作ったんだよな。

フライパンでクレープをたくさん焼いて、『ミルクレープ』を作ったんだ。

「またミルクレープ作りたい！　そんでエリアスと食べよう？」

「アルビー……」

これって、アルビーの気遣いだよな？　きっと。

俺とエリアスの、二人の間の空気がおかしいってわかって、仲直りさせようと考えて言っている。

まだ四歳なのに……。

「駄目だなぁ、俺……」

こんな小さい子に仲直りの案を一生懸命考えさせて、気遣いさせて。

俺は昨夜のエリアスの言動に納得いかなくて、へそを曲げたままでさ。

「アルビーの方が、俺よりずっと大人だなぁ」

と、アルビーの頭を撫でる。

「いいんだよっ、だってハルは、今は猫ちゃんだもん。小さいから、ぼくがおにいちゃんにならないとねっ」

エヘン、と胸を張るアルビー。

いや、小さいのは体だけで中身は二十四歳の大人です。

「じゃあ、夜ご飯をアルビーと俺で作って、エリアスにご馳走しようか？」

「わーい、やったあ！　ぼくね、パンケーキチキンが食べたい！」

「パンケーキチキンか……」

前に一度だけ作ったジャンクフードだ。焼いたパンケーキに、揚げたでっかい唐揚げを載っけてメープルシロップを回しかける！

カロリーすごいけれど、若者はそういうこと考えてはいけない！　歳を取ったら考えよう！

脳にガツンとくる味付けと脂っこさは、たまに食べるべきだよな、うん。

鬱屈しているときにはカロリー！　ウダウダとしているときは、解放させる力を持つジャンクフード！

「よし、決めた！　作ろうか！　パンケーキチキン！」

「やったあ！」

「でも、野菜は取ろうね」

万歳していたアルビーだったけれど、「野菜」の言葉に、分かりやすくしおしおになってちょっと笑ってしまった俺だった。

俺とアルビーはまず食堂に行って、おばちゃんたちから材料を買う。

食堂には大きなキッチンの他に、食べ損ねた人や自炊する人のため用に小さなキッチンも付いている。

材料は城下町に買いに行くことも可能だけど、そうするとちょっと時間がかかるし、目的の食材があるかどうか俺にはわからない。

それに食堂の冷蔵庫は魔法で食材の時間を止めているから、腐る心配もないので色々揃ってるんだ。

毎日業者がチェックして、足りない食材を冷蔵庫にぶっ込んでいく。

たまーに入れすぎたり、わけのわからない食材が入っていたりして、

「こんなもんいらんわー!」

「珍しい食材なんだから、たまには変わった物作ってやれやー!」

なんて、おばちゃんたちと業者の間でバトルが開催されている。

唐揚げの材料である鶏胸肉と鶏もも肉、そしてパンケーキの材料を買い取る。

それと、スティック野菜用の野菜もね。

まずは下ごしらえ。鶏肉を一口大に切る。パンケーキに豪快に一枚ドン! と載せたいところだけど、アルビーがいるから食べやすい大きさに。

今、猫の俺はできないので、おばちゃんにお願いする。

それから鶏肉を柔らかくする方法だ。

「アルビー、手伝って」

「はーい!」

アルビーに一口大に切った鶏肉を、フォークで刺してもらう。

「トントントントントントン」

アルビーは鼻歌を歌いながら、上機嫌で鶏肉をフォークで刺していく。

味が入りやすくなるし、柔らかさにも繋がる。

そして終わったら、砂糖と塩を溶かした水に浸す。

しばらく漬けておくと、お肉が柔らかくなるんだ。

カロリー重視！　だったらマヨネーズを使うんだけれど、この世界にはないみたい。

以前作ったときにも、おばちゃんたちにお願いしたから要領がわかっていて安心。

よく知ってるねえ、と感心してそれから食堂に出る鶏肉料理が柔らかくなったから、そのやり方をしてるんだろうな。

「よし、アルビー。これから魔法研究所に行って、エリアスに伝えに行こう」

「え？　なんでえ？」

「エリアスは今忙しくて、夕飯までに帰ってこられないかもしれないだろう？　だから、事前に言って『夕飯には帰ってきて』って伝えるの」

「そっかあ！　そうだよね！　ブタのまじゅうさんをしらべるのに、大変なんだよね」

「じゃあ、行こうか」

とアルビーを促して、隣の研究所へ。

おかしな書記官に好かれていた例の魔女っ子は、元気に受付にいた。

魔女っ子さんにエリアスに会いたい旨を告げたんだけど、首を横に振った。

「今日は例の魔獣の解体作業で、危険なので作業中は面会を止められているんです」

飼育小屋にいた豚が変異したので、体に何が起きているのかわからない。もしかしたら危険な菌とか付いているかもしれないので駄目なんだそうだ。

「そうなんですか……今夜の夕飯は俺とアルビーで作るから、一緒に食べようかと思って」

「夕方には終了すると思いますよ。魔獣の解体は、いつも夕方には終わっているので」

俺とアルビー、二人で顔を明るくする。

「じゃあ、ゆうごはん作ってまってるね、ってエリアスに言ってください！」

「はい。確かに承りました」

アルビーの伝言に魔女っ子は、敬礼して応えてくれた。

――よし！　夕方、人の姿に戻ったら唐揚げ揚げるぞ！　それとパンケーキもたくさん焼こう。

アルビーやエリアスが、お腹いっぱい食べられるように。

日が沈むまで遊んで、人の姿に戻ったら早速夕飯作り！

「アルビー、油と火を使うからね。危ないから離れているんだよ」

「はい！」

希望したメニューが食べられるとあって、素直でいい返事がくる。

まずは唐揚げを揚げて、それからパンケーキを焼く。

山積みになった唐揚げとパンケーキの匂いに、おばちゃんたちや宿舎に住んでいる人たちが集まってきた。

「少しおくれよ～」とギブミーしてきたけれど、あげてしまったら俺たちの分がなくなってしまうと断る。

俺の料理を見ていたおばちゃんたちが、追加で作り始めて皆そっちに行ってくれたのでホッ。

「あと野菜スティックと、ソースも作らなくちゃ」

そろそろエリアスが帰ってくる。俺の手はますます早くなる。

アルビーが気を利かせて、取り皿やナイフとフォークを用意してくれている。

「立派な助手だな、アルビー」

そう声をかけるとアルビーは嬉しそうだ。

お皿に盛り付けて、キッチンを片付けて――準備完了！

大きなトレーに載せて二階の部屋へ。そうそうメープルシロップも忘れずにね。

「間に合ってよかった」

「エリアス、ビックリするよっ！　ハルの作ったごはん、おいしいもん！」

「そうだといいなあ」

俺たちはソワソワしながらエリアスが帰ってくるのを待つ。

――けれどエリアスは、いつもの帰宅時間に帰ってこず、夜も更けていった。


大人しく待っていたアルビーも、顔をテーブルにつけて恨みがましい顔でジィッとチキンとパンケーキを眺めはじめた。

本当なら、もうとっくに夕飯を食べ終わってる時間だもんね。お腹ペコペコのはずだ。

それでも文句を言わずにエリアスが帰ってくるのを待っているのは、一緒に食べたいのと、俺とエリアスを仲直りさせたいという気持ちからなんだろう。

でも、四歳児をいつまでも待たせてはいけない。

「エリアス、残業かな？　先に食べちゃおうか？」

「ううう～ん。ぼく、エリアスとハルと三人で食べたい……」

「でも、これ以上待っているとアルビーは寝る時間になっちゃうよ？　僕も一緒に食べるから」

「いっしょうけんめい、お手伝いしたのにな……」

アルビーは全身でガッカリ感を出している。

そうだよね、きっとエリアスから「美味しいよ、ありがとう」って言葉、聞きたかったんだろうな。

「明日の朝にはエリアスはいるよ！　彼の分を残しておいて明日、感想を聞こう」

俺はそうアルビーを励まして、食べる分を下の食堂で温め直してくる。

レンジみたいな機能を持つ魔法器具があるんだ。

俺は帰ってきたらエリアスと食べられるように、腹五分目くらいでやめておくつもり。

「いただきます！」

最初ショボショボしていたアルビーも、一口二口食べ進めているうちに食欲が出てきたらしい。

「チキン、おいしいね！」

といいながらパンケーキと一緒に口に頬張る。メープルシロップかけ過ぎじゃない？

なんて心配するほどドボドボかけていたけれど、今回は許そう。

落ち込んでいる心を復活させるには甘い物と、何度も言うけれどジャンクフードだ！

アルビーはいつもより多めに食べて、ご馳走さま。

後片付けは俺に任せてもらって、アルビーには寝る準備をさせた。

着替えて歯を磨いている辺りからアルビーの限界がきて、目をトロンとさせながら体がふらついていた。

ベッドに入ったら添い寝する暇もなく、すぐに夢の中。

先に食べさせてよかった。もう少し遅かったら食べている途中で寝ていたな。

俺は子供部屋から出ると、ドカッと食卓の椅子に座る。

「遅くなるなら連絡くらいしてくれよ、まったく……！　帰ってきたら説教だ」

プンプンしながらも待つ。

それから一時間ほど経って、ドアをノックする音に俺は肩を震わせながら立ち上がった。

ちょっとウトウトしていたが、慌ててドアを開ける。

そこにいたのは――。

「トリスタン？　……と、エリアス」

トリスタンに肩を担がれて眠りこけているエリアスがいた。

「ど、どうしたの？　倒れた？　……酒くさっ！」

疲れて倒れてしまったのかと慌てて近寄ったら、めちゃくちゃ酒臭い。

酒臭すぎてベッドに運びたくないほどだけれど、トリスタンに手伝ってもらって渋々運ぶ。

アルビーを子供部屋に寝かしつけて正解だった。

寝室から出ると、俺はさっそくトリスタンを尋問した。

「どういうこと？　どうしてエリアスは酔い潰れているの？　受付の魔女さんから俺とアルビーの伝言を聞いてなかったの？」

「エリアスが魔法研究所の魔女っ子から伝言を聞いたかどうかは知らんよ。ただ、今日の任務が終わったらエリアスから『付き合ってほしい』と、酒場に連れて行かれたんだ。それでこんな結果になった」

「……なんでだよ。こんなに呑んでへべれけになったエリアスって俺、初めて見たよ？」

「ハルには言えない何か、隠し事があるようだった。俺にも教えてくれなかったが……」

「俺には『言えない隠し事』？　……なんだろう」

気になる。俺は椅子に座り腕を組む。

そんな俺を見下ろしているトリスタン。……すごいプレッシャーを感じる。

俺に対するいつもの軽い態度の彼じゃないって気づいた。

トリスタンは真剣な顔で俺を見つめ、徐に口を開いた。

「ハル、俺はお前に言わなくてはいけないことがある」

「……改まって何？」

トリスタンは目を瞑り一呼吸すると、決心したようにまた俺を見つめる。

「ハルがこの世界に来る前、俺とエリアスは恋人同士だったことがある」

――えっ？

耳を疑った。

理解できなくて、頭が動き始めるのに数分時間を要したと思う。

「エリアスと……トリスタンが？　嘘だろう？」

ようやく出た言葉がそれだ。

「すまないな。結婚の話も出ていたんだが……親族が反対して、破談になったんだ」

「反対って……？」

「俺は長男でな。……一族の跡取りが必要なんだ。同性同士の結婚は認められているが、子は望めないだろう？　だから別れたんだ」

「そ……んな」

確かにトリスタンと仲がいいなって思っていたけれど、それは同僚だからとか、遠征とかで一緒に行動していたからとか、そういうことなんだと思っていた。実際、そう言っていたし。

――でも、今は別れてるし、エリアスと俺は両想いだし。大丈夫だよね？

「で、でも今は違うんだろう？　だってエリアスは俺の魔猫化を解いたら、俺の家族に結婚の挨拶に行こうって言ってくれたし」

「それなんだが。……多分、エリアスはそれで悩んでいる。ここ最近ずっと浮かない顔をしていたから、今日なんとなしに聞いてみたんだ。『隠し事でもあるのか』と」

「さっき、聞けなかったって……！」

「ああ、はっきりとは聞けなかった。断片的にだ。だが、ハルとの結婚のことで凄く悩んでいることは確かなんだ」

「……どうして？」

本当にどうして？　としか言えない。俺との結婚で不安があるなら、ちゃんと言ってほしい。

夫夫になるっていうことは、不安とか不満とかあったら互いに向き合って解決していくものじゃないの？

なのに――どうして俺に言えないで自分を見失うほど呑んで、断片的にでも前の恋人に話してしまうの？

俺じゃあ、頼りにならないってこと？

こんがらがってる。頭の中も心の中も。

何も言えなくなっている俺に、トリスタンは宣言してきた。

「弱っているエリアスを見て、思い直した。……俺はエリアスをまだ愛している。そしてハルはそんなエリアスを受け止められていない。今の俺にはエリアスの全てを受け入れる覚悟がある。跡継ぎの件はアルビーを養子にしようと考えている。そうしたら解決だ。……だからハル、魔法が完全に解けたら自分の世界へ帰ってくれ」

「――っ!?」

俺は、トリスタンを睨み付けた。彼が滲んでいる。

ああ俺、泣いてる。

言い返すことができなくて悔しくて泣いているのか。エリアスの悩みを感じて寄り添えているトリスタンに嫉妬して泣いているのか。

きっと、どっちもだろう。

これ以上、トリスタンの顔を見たくなかった。

ここにいたくなかった。

椅子から立ち上がると俺は、トリスタンの脇を通り部屋から出ていった。

九章　恋は盲目と、よく言ったもの

俺は宿舎を出て、滅茶苦茶に走った。

泣きながら走っている姿を、誰にも見られたくない。

ここから逃げ出したい、という感情が俺を全力で走らせる。時々生け垣に突っ込んだりしたけれど、そのまま突っ切った。

けれど、力任せに突っ切ることのできない木材でできた柵にぶつかってしまう。

「――わっ⁉」

つんのめりそうになって柵の向こうに転がる。

「……つぅ……なさけな……っ」

柔らかな土と草の上だったけれど、それなりに衝撃はある。

腕や肩に走った痛みに顔を歪めたら、堪えていた涙が溢れてしまった。

「くぅ……っ、ぅう……」

痛みで呻いているのか泣いて呻いているのか、自分でもわからない声を出しながら俺はその場に座り込んだ。

身体も痛いけれど、心はもっと痛い。

「そんなことない……。そんなこと！」

俺はトリスタンに言い返せなかった言葉を、ここで吐き出した。

「俺だってエリアスのこと想ってるし、最近おかしいことだって気づいていた……！　お前だけじゃない！」

はぁはぁと息が上がる。

「でも……俺は、自分の感情優先で怒ったり拗ねたりしていたから――それでエリアスは悩みや言いたいことを言えなかったのかもしれない……」

ここに来てから。昼間、猫股になるようになってから。

俺は俺が随分我が儘になっていることに気づいていた。感情を抑え切れていないことに気づいていた。

それは、エリアスと両想いになってから特に酷くなった。

「愛して、愛して」と、強請（ねだ）っていたように思う。

自分の世界にいたときは、こんなんじゃなかった。

学生時代は好きな相手には完璧に『友人』として接していたし、社会人になってからは好きな先輩を懸命にサポートする後輩に徹していた。

絶対に、恋心を悟られちゃいけないって――。

「あぁ……はは……俺、舞い上がっちゃったんだ。初めて好きな人との恋が実って……駄目だな……あんまり幸せで、目の前にいる大切な人の悩みを聞いて一緒に悩もうなんて、考えつかなかった……『そんなことより、今俺といる時間を大切にして』って思ってた……」

ほんとに馬鹿だ。いい歳して、恋に浮かれちゃってさ。

こんなんじゃ、トリスタンが考え直すの当たり前だよ。

トリスタンの真剣な眼差しを思い出して、また泣きそうになってしまう。

お前ではエリアスを支えきれん――と言われたようで、怖くなった。

そうかもしれない、そうだけど、でもと、ぐちゃぐちゃな俺。

どうしていいかわからない。

「……そこにいるのは、誰だい？」

声変わりをしていない高めの声で後ろから尋ねられる。俺は涙を袖で拭いながら顔を上げた。

――そこにはシンプルな服装で、こっちを心配そうに見下ろしているローランド王太子がいた。

「す、すみません……。お付き合いいただいて……」

俺が柵にぶつかり転んだ場所は、訓練所だった。

「いいんだ。僕も眠れなくて身体を動かしにきたんだし」

ローランド様は、そう笑顔で答えてくれる。

俺は辺りを見渡して、こそっとローランド様に耳打ちする。

「護衛の方は？　いらっしゃらないんですか？」

プライベートでこうして一人でいるとき、隠れて護っていることもよくあるそうだ。

国の中核にいる人は大変だな、本当の自由ってなさそうでって、同情した。

「そっと出てきたからね。今はいないようだけれど、このピアスを付けているから、いずれ見つかってしまうと思う」

と、耳朶に嵌めた俺と同じ赤いピアスを見せてくれた。そう、魔力を封じられない探索機能がついているピアスだ。

さすがにこれも取って部屋から出てしまうと、大騒ぎになるので、とローランド様。

「でも大丈夫？　盛大に転んだんじゃ……」

ローランド様が心配そうに俺に尋ねる。

「いや、平気です。咄嗟に受け身をとったので」

そりゃあ座り込んでグスグス泣いてたらねえ。しかも服も土だらけになってるし。

「そうか、よかった。でもどうしてこんな場所に一人で？　訓練……ではなさそうだし」

ギクッ。やっぱり気になるよね。スルーっていうわけにはいかないんだろう。

「ちょっと喧嘩になりまして……」

「エリアスと？」

「……いえ、その……トリスタンと……」

相手がトリスタンだと知って、ローランド様の身体が揺れた。

小さくなった篝火（かがりび）でも彼が大きく目を開き、顔色が悪くなったことがわかった。

ああ、誤解してそう。と思ったら次の台詞でしっかり誤解しているとわかった。

「ハ……ハルは、トリスタンとはどういった仲なんだい？」

「俺が猫股の姿でいるときに、めっちゃ寄ってくる猫好きです。……けれど、それは演技だったのかもしれませんね……」

エリアスの近くにいるための――。

俺はまだ、気持ちがごちゃごちゃしていることに気づく。

それのせいだろう、十歳以上も離れているローランド様に先ほどまでの経緯を洗いざらい話してしまった。

トリスタンがエリアスの元恋人ということに、凄く驚いているようだったけれど、

「でも、今は違うでしょう？　今の恋人は『ハル』なんだ。そこは自信を持たなくてはいけないと思う」

そう助言してくれる。

「でも……元サヤに戻りたいから、俺に自分の世界に帰れっていうんですよ？」

「ハルはトリスタンの気持ちを尊重したいのかな？　引き下がるつもりなの？」

ローランド様に問われてハッとする。

そうだ。俺はトリスタンとエリアスが付き合っていたという事実と、トリスタンがエリアスと結婚したいと言ったことにショックを受けて、思わず逃げ出しただけだ。

「……俺、恋が実ってお付き合いしたのって初めてなんです。それで有頂天になっていて、自分の『エリアスが好き』っていう感情を抑えきれなくて、彼に凄く我が儘を言っていたなって……そんな俺にエリアスは嫌気がさしたんじゃやって思ってしまって……」

「すごく彼のことが好きなんだね」

ローランド様に言われて、身体が茹だる。

うん、好きだ。今まで好きになった人の中で一番愛してる。

彼の全部が好きなんだ。そう、長所も欠点も全部――。

この世界でエリアスと一緒に住むことに、躊躇いなんてないくらい。

「そう、好きなんです。彼が過去に誰と付き合っていようと関係ないんだ。前の恋人が取り返しにこようと俺は、エリアスが好きで、この気持ちは誰にも負けないつもりです」

「うん、まだ勝負は付いていないよ。頑張って」

「はい！」

元気が出てきた。さすがローランド様だ、王子然としている。混乱している俺の心を落ち着かせて今、何をすべきかを教えてくれた。

俺より年下だけれども、しっかりしている。

……まあ、トリスタンが絡んでいるからかもしれないけれど。

そうだよね、彼だって気になるだろう。

「ローランド様は、心を寄せている方はいらっしゃるんですか？　それとも、既にお決めになっている方が？」

ローランド様の好きな人がわかっているだけに、ちょっと意地悪な質問だ。

彼は頬を僅かに染めて、恥ずかしそうに目を伏せる。

「僕も今、気になっている男性がいるんだ……」

はい、そうですすよね？　問題のトリスタンですよね？

俺は笑顔で「うんうん。それで」と頷きながら「それ、トリスタンのことだよね？」と内心ツッコミを入れる。

「……相手も僕のこと、悪くは思っていないって感じている。僕は自分が特別な身分だって理解している分、相手の感情の起伏って感じるようになっているんだ。……彼の僕への感情は勘違いじゃないって……思ってる」

「そうなんですか……」

でも、ローランド様の感じているトリスタンの感情が本当なら、俺に『やり直して結婚する』宣言したことが嘘になる。

嘘であってほしいと思うのは、俺だけじゃないんだろうなとローランド様を見つめる。

「これが、僕に対しての感情は『弟』とか『従属の敬い』とかだったら、とても哀しいけれど」

と、付け加え儚く笑うローランド様が可哀相で、トリスタンに対して改めて憎悪が湧き上がった。

あいつは絶対にローランド様の想いに気づいている。

体育会系で筋肉ムチムチで、俺に対してはデリカシーに欠けた扱いをするけれど、祭りのときの奴はさすが騎士に必要な要素の礼節や気遣いを備えていた。

騎士団長まで上りつめている奴だもの。ああ見えて騎士として必要なものを全て兼ね備えているに違いないんだ。

トリスタンが何を考えているのかわからないけれど——今はローランド様の恋の相談を聞こうと耳を傾ける。

「告白は……しないんですか？」

「したいと思ってる。たとえ実らなくてもこのまま胸の奥にしまって、接して生きていくのは辛い。……それに僕の恋愛対象は同性だって気づいてしまったし、子を成せない僕は早いうちに王太子の座を弟に譲ろうと、父である陛下に相談したんだ」

「えっ？　も、もう相談済みなんですか？」

「ああ。この恋が破れて、いずれ新しい恋に目覚めたとしても、きっと僕が恋する相手は同性だろうから」

「ローランド様……」

「『恋』という感情を教えてくれた彼に、僕はとても感謝しているんだ。目を瞑れば彼の表情の一つ一つを思い出せて、僕はそのたびに嬉しくなったり哀しくなったり、胸がドキドキしたりして、自分の中にこれほど色々な感情があるのだと気づけた。僕の単色だった『王太子』という色が多彩になったんだよ。……僕は彼を一生忘れない。僕の宝物になったんだ」

そう俺に笑いかけてくるローランド様はとても清らかで、この薄闇の中でも輝いて見えた。

彼は自分の恋に後悔なんてしない、実らなくても。相手を好きになったという事実に感動して、それを昇華しようとしている。

──こんないい子の傍にいて、トリスタンはどうして元サヤなんて狙うんだよ。

俺は図々しくもローランド様の手を両手で握りしめた。

「応援します！　告白しましょうね！　すぐにでも、いえ近いうちに！」

「ええ……？　え？　う、うん……」

みるみる顔を真っ赤にさせるローランド様が少年らしくて、とても可愛い。

「俺もローランド様くらいのときに男性が好きだって気づいて……でも、好きな人が出来ても告白する勇気なんてなかった。関係が壊れるのがとても怖かった……そして世間の目も。ローランド様はとても勇気のある方だって。そしてすごく前向きな人だって俺、感動しました！　俺の方がずっと年上だけれど、ローランド様の前向きさとか勇気とか、もらった気がします。――俺、諦めません！　だってエリアスのことが好きな気持ちは、誰にだって負けませんから！」

そうだ、トリスタンに負けるものか。

俺だってエリアスのこと、愛している。アルビーと一緒に家族になるってことに抵抗なんてなかった。

これからだって色んな壁が出てくるだろう。それに対して、今回みたいに逃げ出したら駄目なんだ。

エリアスと、とことん話し合って、決めなくちゃいけないんだ。

トリスタンのことは一旦置いておいて、まずはエリアスの不平不満をちゃんと受け止めよう。

俺の決心の言葉にローランド様も手を握り返してくる。

「頑張って。僕も、貴方から勇気をもらったよ。お互いに頑張ろう！」

「はい！」

決意表明をしてまた互いの結果を報告し合おうと約束して、お別れする。

ローランド様の後ろ姿を見送っていると、隠れながらこっそり後をついている少年が一人。

俺の視線に気づいたのか、少年は会釈をしてくれる。きっと護衛だな、夜遅くまでご苦労様と意味を込めて俺もお辞儀をする。

でも、護衛もローランド様とそう変わらない年齢だった。

大丈夫かな？　でも、猫股の状態の俺がついていくならまだしも、人間の俺がついていってもなんの役にも立たないしな。

なんて思っていたら厩で馬たちが騒ぎ出して、俺もローランド様も護衛も一斉にそちらに視線を向けた。


馬たちの騒ぎ方がおかしい。あまり馬を見慣れていない俺さえも気づき、何かの非常事態だと察した。

護衛の少年はダッシュでローランド様の傍に付き、鞘(さや)から剣を抜くと真っ直ぐに厩を睨み付ける。

俺もローランド様の傍に寄った。

「ローランド様、先に王宮の中へ。ハル様も！　ローランド様の誘導をお願いします！」

俺が何者なのかわかっている。トリスタンの隊の者か。

「わかった！　応援も呼んでくるよ」

「お願いします」

と、話し王宮へ身体を向けたときだった。

「ヒヒーーーンッ！」と馬たちの叫びと一緒に「ブゥォォオオオオ！」という鼻息のような低い唸り声と何かを破壊する音に驚いて、また厩に視線を向ける。

厩の壁が一面、強い衝撃で滅茶苦茶になっていた。

壁の木材が木っ端微塵になって地に落ちていて、その上をノソリと歩く獣がいた。

月明かりと篝火の淡い灯りで出来る濃い影は、その獣をより恐ろしく見せている。

「……豚の魔獣だ」

茶会で見た豚の魔獣がまた現れた！

「早く！」

少年騎士の一声で俺とローランド様は、王宮に向かってダッシュする。

同時に、豚の魔獣もこっちに向かって突進してきた。

「うわっ……！」

少年の叫び声に思わず止まり、後ろを振り向く。

少年は弾き飛ばされたようで、地に転がっていた。

必死に立ち上がろうとしている少年に、魔獣は再び襲いかかろうとしている。

「レッド！」

名を叫び、ローランド様は引き返そうとするけれど名を呼ばれた少年騎士は、

「早く逃げてください！」

と、渾身の力で叫んで、魔獣を引き止めた。

けれど魔獣は非情だった。今度は俺たちに標的を変えた。

「ローランド様！　逃げますよ！」

早く王宮に着いて、ううん、途中でもいい。兵士がいたら！

どんどん魔獣との距離が縮まっていく。

まずい！　突進されるならまだしも、あの牙に刺されたら下手したら死ぬ……！

鋭い牙の先を思い出して身体が震える。

「……あっ！」

隣を走っていたローランド様が視界から消えた。転んだ!?

「ローランド様！」

俺は引き返し、ローランド様の手を引いて起き上がらせる。

――魔獣は手加減しなかった。真っ直ぐにローランド様の背中に向かってくる。

「くそっ！」

俺はローランド様を抱きしめ、横に飛び、やり過ごす。

突進型の魔獣なのに、奴は急ブレーキで止まるとこっちに身体を向き直し、前足で土を蹴り、まさに俺たちに襲いかかろうとしている。

くそっ！　猫股になれれば、相手をしている間にローランド様を逃がすことができるのに！

こんなときに役に立たなきゃ猫股になれる意味、ないだろう！

「可愛いだけじゃ駄目なんだよ！　役に立て！　猫股に変身しろ、俺！」

むちゃくちゃな言い分だけど吠えたら——俺からボンッと音がして、煙に包まれる。

「……えっ？　マジ？　マジか？」

視界が低くなった。着ていた服がだぶだぶになって俺は顔を振り、服を脱ぐ。

二つの尻尾がユラユラと揺れているのがわかる。

「猫股になった……」

どういうこと？　何か呪文ぽいの唱えた？　俺？

突然人から魔獣になった俺を見て魔獣は後ろに下がったけど、自分より弱くて小さい生き物だとわかると、また鼻息を荒くする。

「……小さいからって舐めるなよ！」

俺は二つの尻尾をクルクルさせ摩擦を起こして、電気玉を発生させる。

鈍銀色に光る玉に魔獣が更に興奮している。

「ローランド様、俺がこいつを引き止めている間に王宮へ！」

「わかった。援軍を呼んでくるから、それまで無事でいてくれ」

俺は、魔獣に向かって電気玉を投げた。

電気玉は魔獣には当たらなかったが、奴のすぐ真正面に落ちたので盛大な砂煙が上がる。

「走って！」

俺のかけ声と同時に、ローランド様は砂煙の横を走って行く。

その間、俺は第二弾の電気玉を作る。

頑張るんだ、俺！

この世界で、エリアスと生きるって決めたんだから！

魔獣の一匹や二匹に怖気づいていては、この世界で生活できないぞ！

そうさ、これからトリスタンとも争わなきゃならないんだからな。

「負けない！　魔獣にも、トリスタンにも！　エリアスの恋人は俺だ！」

砂煙の中から魔獣が顔を覗く。こっちに突進してきた。

俺は電気玉第二弾を打ち込む。うまく奴の顔面に当たった。

——けれど、一回目よりかなり小さくて弱い玉しか打てなくて、魔獣は軽くよろめいただけ。素早く体勢を戻し俺に向かってくる。

「くそっ！」

駄目か。でも、こっちは素早い動きができるんだ。負けはしないぞ！

俺は四本の足で踏ん張る。

そのときだった——。

「ハル！　だいじょうぶ？」

「ハル、今行くぞ」

「えっ？」

すぐ近くから、エリアスとアルビーの声が。

子供の腕に抱きしめられる。そして子供と一緒に強くて力強い腕の中へ。

闇より濃い黒髪が、俺の顔のすぐ傍で揺らいでいる。

アクアマリンの瞳が、怒りを込めて魔獣を見据えていた。

「私の恋人を痛めつけようとした報い(むく)を、受けてもらおう」

片腕が魔獣を捕らえた刹那、魔法陣が魔獣の真下に輝く。

金色の魔法陣。綺麗って思った途端に下からバチバチッと電流が生まれ、魔獣の身体を貫いた。

――一瞬で勝敗が決まった。

「す、すごい……エリアス、すごいよ！　酔っててもこんな強力な魔法を繰り出せるんだね」

「もう、酔ってない」

確かに口調も足並みもしっかりしている。

俺を見つめる瞳だって澄んでいて、熱の籠もった光を放っている。

そうだよ、そうだよね。

いつもいつも俺は、この瞳に見守られていた。

「愛してる」って言っている瞳に。

何も逃げる必要なんてなかった。

トリスタンに、真っ直ぐに「今、愛されているのは俺だ」って言えばよかっただけなんだ。

それに――。

「……さっき言った言葉、すごく嬉しかった『私の恋人』って……」

「ハルは、私の大切な人だ。これからだってずっと」

「うん、嬉しい。すごく、とっても……」

いつの間にか俺は人に戻っていた。エリアスがシャツを脱いで俺に着せてくれる。

お洋服、取ってくるね！　と気を利かせて離れたアルビーがナイス。

「ハルを不安にさせた、すまない。ちゃんと話す。けれど、これだけは信じてほしい。

……私はハルを――っ」

俺は指でエリアスの口を塞ぎ言った。

「わかってる。エリアスは俺のこと、すごく愛してるって」

「……ああ」

「俺もエリアスのこと。大大大好きで、愛してるから」

エリアスは口を塞いでいる俺の指を優しく外す。綺麗な形の唇の口角が上がった。

「ああ、ハルが私のことをすごく愛してるって、知ってる」

形よい唇が近づいてきて俺は瞼を下ろすと、両腕をエリアスの首に回した。

兵士たちの鎧の音が近づいてくる。

俺たちはギリギリまで甘くて熱いキスをむさぼり合った。

十章　ずっと一緒だよ

あの夜の魔獣襲撃事件は、お茶会襲撃事件と共に調査された。

夜に出現した魔獣も家畜小屋の豚が魔獣に変化したことが判明し、王宮内で臣下たちの議論が交わされる。

もともと魔獣の『核』というものを持っていたのではないか？　それで過渡期(かとき)に入って魔獣に変化を遂げたとか。

それとも誰かが変化をさせたのか、いや突然変異では？　等々意見が出たが断言できる証拠がなくて、引き続き調査をすることが決まった。

王宮内の農場エリアに結界を張り、たとえ魔獣化しても居住エリアに入って来られないよう策を施すことにしたという。

「とりあえず、この先はもう襲撃はないってことだね」

俺はやれやれ、と肩を竦めながら紅茶をいれる。

穏やかな昼下がり。本日は魔獣襲撃事件による連日の残業で、エリアスは休みをとっている。

午前様が十日も続いたんだ。二、三日はゆっくりしたいというエリアスの気持ちはよくわかる。

アップルパイを作って、それをおやつタイムに。

「クリーム！　生クリームつけて！　いっぱいだよ！」

なんてねだるアルビーに俺は、

「甘く煮詰めた林檎をたくさん入れたから、今日はこのままで食べよう」

そう言い聞かせる。

シナモンも入れて仕上げにシュガーパウダーもかけた、俺特製アップルパイなんだ。

アルビーはちょっと不満そうな顔をしてパイを一口食べて、すぐにパアッと輝く笑顔を見せる。

「おいし〜！　ハル、てんさい！」

「だろう？　蒸しケーキも作るのが得意なんだ。今度のおやつに作ってあげる」

「うん！」

アルビーの上機嫌な返事を聞いて、俺もエリアスもご満悦。

「おお！　美味そうだなぁ！　俺もご馳走になっていいのか？」

と、でかい図体に合わない椅子に座って、アップルパイを眺めているのはトリスタン。

まあ仕方ない。材料の林檎をくれたのはトリスタンだし。

実家の領地は林檎の栽培が盛んで毎年この時期になると、たくさん送ってきてくれるんだって。

お裾分けの林檎は少々甘みの少ない種類で、アップルパイには最適。

「うん、俺の世界のアップルパイだから味が違うかもしれないけれど」

材料はこの世界の物を使っているし、ほぼ同じだから味は変わらないと思うけれど念のため。

アルビーとトリスタンが「美味い美味い」と食べている横で俺も、

「さあ、俺も食べようっと」

と、椅子に座ってナイフで一口大に切ったパイを頬張る。

朝になっても猫股にならず、人の姿で昼間にこうして仲間と過ごせるなんて幸せだ。

——そう、十日前に俺は、無事に猫股の魔法が解けたんだ。

まあ、魔法を解く前に色々あったけれど。

夜、魔獣に襲われた次の日の朝、俺はアルビーと二人で瞬間移動して助けに来てくれるまでの経緯を聞いた。

泥酔していたらアルビーが泣きながら寝室に入ってきたので、驚いて起きたんだそう。

「ハルが豚のまじゅうさんにおそわれてる！」

と大泣きして突如、魔法を発動させたらしい。

すっかり酔いの醒めたエリアスは、ピアスの探知機で俺の位置を確認。アルビーを抱っこして瞬間移動した――という流れだった。

「にんげんのハルじゃ、おそわれちゃうと思ったの。ねこさんの魔獣になあれって、いっしょうけんめい、いのったんだよ！」

と、自慢げに言うアルビー。エリアス曰く「遠隔魔法」というものらしい。

……来年、魔法を教わることにして正解だよ。

でも、あのあとすぐに猫股の魔法は解けた。

これもネタばらし――その魔法をエリアスが解いてくれたんだ。

そして――。

「すまなかった……本当はもう大分前に、魔猫を解く魔法はわかっていたんだ」

エリアスに謝罪された。

ええええええええええ!?　俺、怒る前に大パニック。

「どうして、すぐに解いてくれなかったの？」

俺の問いにまた下に視線を向けるエリアス。

ああ、ずっとこれが原因でエリアスは、俺のことをちゃんと見られなくなっていたんだ。

その頬を両手で掴み、俺と向き合わせる。

「ちゃんと話してくれないとわからない。……嫌いにならないから、理由を教えて」

エリアスはアクアマリン色の瞳の虹彩を揺らす。瞳だけじゃない。あまり表情の起伏のない整った顔に恐れの色まで浮かんでいる。

「どうしてそんな哀しい顔をするの？　俺、エリアスに我が儘言いすぎたかな……？　好きな人と両想いになったのが嬉しくて、結婚を前提に付き合えることになって嬉しくて俺、はしゃぎすぎた？」

「それは私にとっても嬉しかったから……ハルがニコニコいつも笑って私に抱きついてきて、素直な感情をぶつけてくれて嬉しかったから、いいんだ」

「じゃあ、何が問題？」

「魔猫化を解いたら元の世界に戻ってしまうのかと思ったら……怖くて解けなかったんだ……。あまりにハルのことを好きになりすぎて……。一目惚れだった。酔いに任せて私の求婚を受けてくれたのはわかっていた。けれど、それからでも一緒に過ごしていけば本当に私のことを愛してくれるだろうと思っていた。……なのに、なぜなんだろうな。ハルのことを愛せば愛すほど、『今の生活が消えてしまうかも』という不安も募ってきて……魔猫化しているハルがいつも『しょうがないよ』って笑っているのを見て『ハルは自分の世界に帰りたいんだな』と。私とアルビーと別れたいのかと……」

「――馬鹿」

俺はエリアスにキスをする。

きょとんとした顔で俺を見つめるエリアスに、なんだか無性に腹が立ってきた。

だから言いたいことを言ったんだ。

「何度も『親父と姉貴に報告だけしよう』って言ったよね？　俺、ちゃんとエリアスのこと『結婚相手』って、『好きな人』ですって紹介しようと思ってた。エリアスだって『ちゃんとご挨拶をしよう』って話していたじゃないか。俺、挨拶するために生真面目に異世界にいこうとしているエリアスがすごく頼りがいがあって大好きだって思った。アルビーの母親はちゃんといるから俺たちは父親役と兄役をやって、時々母親役をやろうって話したじゃないか。そのことも忘れた？」

「覚えてる……」

「嘘じゃないからね。俺はこの世界で、エリアスとアルビーと三人で家族になりたいんだ。

だから——俺の本気をちゃんと受け止めて。一人で勝手に不安にならないでよ。心配事があるなら、ちゃんと話し合おうよ。俺たち、こんなに愛し合ってるのに……」

「ハル……」

エリアスが頬に触れる俺の手を掴み、手のひらにキスをする。

それがとても官能的で、俺の胸がざわざわと騒いだ。

「……すまない。私は独占欲とハルを失うかもしれないという恐怖に支配されて、ハル本人をちゃんと見ることを忘れていたようだ」

手のひらに落としていたキスは俺の唇へと移動する。

「こんなに近くにいるのに……見えなくなることがあるのだな」

「そうだね……でも俺、嬉しかった」

「まだ魔猫を解く魔法がわからないと言って、誤魔化したのに？」

「もちろん、それは腹が立ったよ。……でも、それ以上にエリアスが俺が元の世界に帰っちゃうかもって思って怖くなって、魔法を解かなかったってところが嬉しかった。エリアスっていつも物静かで温和で、感情の起伏が顔に出ないから意外だったんだ」

「それは仕方ない。そういう性分だし。……そういう私は嫌いか？」

「まさか」

ニッと笑い顔を見せると、エリアスはまたキスをしてくれる。

愛しそうに何度もキスをされて──それで仲直り。

──そうそう。

それと『トリスタンとエリアスが以前恋人同士だった』という話。

あれは真っ赤な嘘だった。

「エリアスがウダウダウダウダしてるから、ちょっと突っついて奴を慌てさせようとしたんだ。ハルが『帰る』というような状況を作れば、さすがにエリアスだって全部正直に話すだろうと踏んでな」

カラカラと笑うトリスタンに向かって俺は足蹴り、エリアスは氷漬けの魔法を放った。

トリスタンにもエリアスは悩んでいた理由を話し「アホくさ」と呆れていた。

それから少しの間、トリスタンのエリアスに対する説教タイムがあったけれど、素直に受け入れていたな。

それから、あのモーラが！　旦那のディミトリと一緒に謝罪にやってきたんだ！

ちょっとブスッたれていたけれど、「怪我をして確証のないことをわめいてしまった」と、渋々ながらも頭を下げてきたんだ。

臣下の者に頭を下げるなんてプライドが許さない派なんだろうに、嫌々ながらも謝ってきたんだから許してあげた。

まあ、そんなこんなで魔獣襲撃事件以外は円満解決。

俺たちは視線を交わしながら、互いの口にアップルパイを入れ合う。

俺の口からはみ出たパイをエリアスが舌と口で舐めとる。

「……もうっ」

なんて拗ねて見せたけれど、エリアスが堂々と俺といちゃつこうと身体を引き寄せたことも、本音は嬉しいに決まっている。

甘いアップルパイと紅茶のことなんて、もう頭になかった。

それを食べながら静かに見守っていたトリスタンとアルビーは、

「俺たちはお邪魔虫なようだ、アルビー」

「うん、そうだね。しょくどうでたべよう?」

アルビーの意見に異存はないというようにトリスタンは、自分とアルビーの分のアップルパイと紅茶を素早くトレイに載せて、アルビーと部屋を出ていった。

ごめん、二人とも。

今日はもう我慢できない。だって残業続きのエリアスと、十日も触れあっていないいんだ。

いずれトリスタンにも、身分違いの恋の悩みが出てくると思う。

そのときは相談に乗るから許してほしい。

「寝室に行くか？」

「……うん」

互いの腰を抱き合い、寝室に。

ベッドに座るとエリアスの手が俺の頭を撫でる。それだけでも、とても気持ちがいい。

俺の頭を撫でていた手が頬に移動して、そのまま親指が俺の唇を擦り、軽く開かされた。

視線が絡み顔が近づいてくる。

隙間がある唇からエリアスの舌が入ってきた。

肉厚で、だけど繊細な動きをする彼の舌。俺の歯の表面や歯茎までゆっくりと舐められる。

そこがこんなに気持ちがいいなんて、思ってもみなかった。

「ん……っ」

今度はねっとりと舌を絡まされる。深く絡まされてエリアスが俺の舌を飲み込むんじゃ、と思うくらいだ。

ディープキスをしながらベッドに押し倒され、エリアスの黒髪がさらりと俺の頬に落ちてくる。

くすぐったい感触と深いキスに身体が蕩けそうになって、気がつくと俺は両手で彼の頭を掴んでいた。

何かに掴まっていないと、官能的な深いキスに囚われて気を失いそう。

「ハルは可愛い……」

エリアスがホゥと、甘い息を吐きながら囁いてくる。

「エリアスだって可愛いよ」

「可愛い？」

「『愛しい』って意味かな」

愛おしいと全て可愛く見えて、彼の髪や瞳の色は勿論、エリアスの全てが可愛いと感じる。

エリアスだって、俺のことを可愛いというのもきっと同じことだと思うんだ。

エリアスは俺の服を脱がし、自分も脱ぐ。互いに生まれたままの姿になった。

トリスタンと違って身体を鍛えていないように見えるけれど、エリアスはこれでいてほどよく筋肉が付いている。

服で隠しているのがもったいないほどの美しい胸像に、滑らかな肌。

触れると弾力のある筋肉の質感がいい。

互いの性器を擦り合っていると、不意にエリアスが身体を起こした。俺の乳首をチュッと吸ってくる。先端を舌でくすぐられながら時々歯を立てて、乳輪ごと吸われた。

「あっ、ん……」

もう片方の乳首も同じようにされて、俺の感覚がどんどん鋭くなっていく。

エリアスが掴んでいる俺のモノが、知らずにピクピクと動いている。

「──ハル」

エリアスは俺の名を呼びながら身体を起こしてくる。それからエリアスの膝の上に俺を乗せた。

向かい合わせの座位になって、また深いキスで互いの口内を陵辱しながら互いの性器を擦り合わせる。

──気持ちいい。

エリアスの亀頭が俺の裏筋に当たって堪らない。手の圧も絶妙であっという間に追い込まれる。

くちゅくちゅと淫靡な音がして、堪えていても亀頭の先から透明な液が滴り落ちてしまう。

「っあ、ぁあ……すごい、気持ちいい……イキそう……っ」

「ハル、先にイクといい」

「で、でも……っ一緒にぃ、い、イキたい」

ようやく不安が解消されて、二人きりの時間。心が重なった最初の交じ合いは二人で果てたい。

「お、お願い、だから……っ」

「わかった」

エリアスは忙しく答えると、俺の腰を両手で掴む。

あっ、と息を止めた瞬間、エリアスの剛直が俺の中に入っていく。

「あっ！　ぁあああ……っああ」

一気に挿入され、座位のせいか奥を突かれて、狭い隘路が無理矢理開かされた感覚に身が悶える。

エリアスが俺の顔を眺めながら、ゆっくりと腰を動かしはじめた。

たった数回で俺の中はエリアスのモノを受け入れて、愛液を流す。

「あ……ぁあ……っ」

卑猥な水音が、俺を官能の深い森へ導いていく。

快楽に浸っている顔を見られているのが恥ずかしい。なんとか平静に装ってみても、堪

えきれなくて甘い声を漏らしてしまう。

「可愛いよ、ハル……」

囁かれて奥まで突き上げられる。背筋が跳ね、膝が震えた。小刻みな運動に額にじっとりと汗が噴き出す。

「気持ち……いい。エリアス……ぅ」

「私もだ……」

奥も真ん中も入り口も、気持ちいい。ギリギリまで引き抜かれてから、最奥まで貫かれて、身体中全てがエリアスが生み出す甘い官能に支配される。

徐々にスピードが速くなっていく。俺の中で愛液が泡立っているのがわかった。

自分のナカを激しく行き来するモノは、普段の彼からは想像できないほど荒々しい。

けれどそれが、俺に対するエリアスの愛の本質なんだとわかると、もう愛しくてどうしようもなかった。

「愛して、る……エリアス……」

「私も、愛してる……ハル」

真っ直ぐ純粋に、そして誠実に俺を愛して失うかもしれないという恐怖に俺に嘘を吐いて。

その嘘が完全無欠の彼が見せた唯一の欠点で――それを見せてくれて、俺は嬉しかった。

ナカが熱くて熱くて堪らない。続く快感で息が苦しい。

汗が滴る。全身が痺れる――もう。

エリアスの動きが更に激しくなる。

「一緒に……約束……」

「ああ、一緒だ。……愛してる、ハル」

「俺も――」

激しく腰を打ち付けられてもう何も考えられなかった。目の前が揺れて真っ白になる。

「エリアス、エリアス……」

俺はうなされるように何度も彼の名前を呼ぶ。

性器から頭に突き上がる快感が、俺の身体を震わせた。

「いいっ、イクゥ……！」

「ハル……っ」

エリアスの身体も震えた。二人喘ぎながら精を放つ。

圧倒的な快感に俺は、くたりとエリアスの胸に倒れ込む。

「愛してる、ハル」

そう愛の言葉を囁くエリアスの声を聞きながら、俺は身体の中でたゆたう快楽に浸る。

――そのあと、夕食まで愛し合った俺たちだった。


「忘れ物ない？　下着はちゃんと三日分入ってる？　着替えは余分に入れた？　あとハンカチとか靴下とかは？」

「ハルゥ、なんどもかくにん、したよ？」

リュックを背負ったアルビーに、俺は持ち物の確認を尋ねる。

さすがに五回目なので最初「はい」といい返事をしていたアルビーも口を尖らせる。

「ごめんごめん、心配で……。トリスタンの住む宿舎に寝泊まりするって、なんか心配なんだよ」

そう、トリスタンに三日ほどアルビーを預かってもらうんだ。

と、いうのも――。

「ハル、支度できたぞ」

部屋から出てきたエリアスの姿に、俺は思わずボーッとして見惚れてしまう。

だって俺の世界のスーツを着ているんだぜ？　いつも片方の髪を一房結っている部分も外して、シンメトリーのヘアスタイルにチェンジ。新鮮すぎる！

俺も懐かしきスーツ姿だ。

そう、俺とエリアスはきょうから三日間、俺の世界に行って親父と姉貴に会ってくるんだ。

突然に行って大丈夫なのか？　って？

勿論その前に俺だけ戻って、親父に話をつけてきたんだ。

まあ……俺が同性愛者ということには驚いていたけれど、姉貴は「やっぱりね」って頷いていた。

「女の子の話題に無理矢理乗っているようだったし。アイドルとか女優とか見てもあんた冷静だったでしょう？　年頃の男子が格好付けてるのかなって一時期は思っていたけれど、よくよく観察してみたら好みの男の子には明らかにウットリしていたからねぇ……」

うう……女性って観察力鋭い。いや、姉貴だけ？

とにかく紹介しなさいということで、それから一ヶ月経った今日、エリアスを親父たちに紹介しにいくわけです。

さすがにアルビーまで連れて行くわけにも行かず——次回ということで、今回はお留守番。

　ということで、トリスタンに頼んだんだ。

「ごめんね、アルビー。今度は一緒に俺の世界に行こうね」

「うん！　ハルのせかいのゆうえんちにぜったい、いこうね！　だから三日かん、いいこにして、まってる！」

「偉いな、アルビーは」

　俺とエリアスは、交互にアルビーの頬にキスをする。

「いってらっしゃい、ハル、エリアス」

　と、アルビーも俺たちにキスを返す。

　そうしてからアルビーはどうしてか、エリアスの頭をナデナデしはじめた。

「？　アルビー？」

「エリアスは、ちゃあんと、あいそうよくしなきゃ、だめですからね。ハルのおとうさんに気にいられないと、僕がハルの世界へ、あそびにいけなくなります」

　うっ、と口ごもるエリアスにお兄さんなアルビー。二人の様子に俺は噴き出してしまう。

「……わかってる」

「おへんじは『はい』です！」

「はい……」

最近リュネット様と丁寧な言葉遣いの練習をしているから、使いたくなったんだろうな。

俺たちは宿舎を出て魔法研究所へ。出入り口にトリスタンが待っていた。

「よお！　頑張ってハルの親父に殴られてこいよ！」

トリスタンがエリアスを茶化してくる。

「余計なお世話だ」

エリアスはぶっきらぼうに返すと、アルビーをトリスタンに引き渡す。

「三日間、よろしく頼む」

「任せな。アルビー、部屋に行ったら王室御用達（ごようたし）の菓子があるからな」

「わあ、真ん中がジャムのクッキー？　それとも、貝のかたちしたマドレーヌ？」

『トリスタンのお菓子でご機嫌取り作戦』は大成功らしい。目をキラキラさせるアルビー。

「ご飯が食べられなくなるくらい食べさせないでよ。それと寝る前には、ちゃんと歯を磨かせて」

俺は、アルビーの生活についての注意点を書いたメモをトリスタンに渡しながら告げた。

「口うるさい母親みたいだぞ、お前」

「俺は父親役も兄貴役も母親役も、その場面でやるって誓ったの。ねえ、エリアス？」

「そういうことだ。それは私にも当てはまる。……アルビーの母親はちゃんと生きてどこかの世界にいるからな。だから母親の役を奪わないとハルと決めたんだ」

「……そうか」

トリスタンが感慨深そうに頷いた。

「もしかしたら、ぼくのママ、ハルのせかいにいるかもね」

と、突然、アルビーが言い出す。

以前、エリアスが俺の世界にきたときには見つからなかった。

でも、アルビーが突然に言い出すことって結構、的を射ることが多い。

だから聞き逃さないようにしないとと、俺はハッと気づく。

——あ、もしかしたら。

「エリアス、前に俺の世界に来たときって、俺の国しか探していなかったとか?」

「?　どういうことだ?」

やっぱりそういうことみたいだ。首を傾げたエリアスに俺は『地球』という『世界』は日本を入れて百九十六か国あって、ここの世界より国の数が多いということを教えた。

「……そんなにあるのか。では、私は一国しか探していなかったんだな」

「うん、他の国にいるかもしれないよ、カロラさん」

「そうか……そうだな」

エリアスの表情が明るい。希望が見えてきた証拠だろう。

「――よし！　じゃあ、さっさと俺の家族に紹介して結婚を認めてもらって、今度はアルビーを連れて行かなくちゃ！」

「そうだな」

俺とエリアスは視線を合わせ、力強く頷く。

それを見ていたアルビーとトリスタンも、頷いていた。

きっと俺だけじゃなくてエリアスもアルビーもトリスタンも、この先の未来は明るい予感に胸を弾ませているからだ。


「じゃあ、行ってくる」

「行ってきます」

俺とエリアスが手を振る。

「いってらっしゃーい！」

アルビーが元気よく手を振って、見送ってくれる。

行ってくるよ。
これからの未来のために。
俺とエリアスとアルビー三人が、本当の家族になるために。

おわり

あとがき

またまたお会いしましたね。

初めての方は初めまして。

深森ゆうかです。

このたび『猫になる魔法をかけられたけど、スパダリ魔法使いと子育て頑張ります！』を手に取ってくださり、ありがとうございます。

深森、なんとＢＬ二作目です！（拍手〜）

前作は『異世界でおちび双子の保育士になりました〜侯爵様と恋をする〜』というタイトルで、不思議な力を持つ双子のちびっ子に呼ばれ異世界へトリップする、というお話で、双子の麗しいお父様とだんだん距離を縮め、紆余曲折を経て結ばれるというお話でした。

二作目も異世界トリップでございます！

おそらく現実世界でのＢＬは書けないだろうとわかってリクエストくださった編集様、

さすがです。

ファンタジー系西洋風恋愛しか書いたことのない深森。現実で起きる恋愛事情には疎いのでございます。

一応、現実の世界で恋愛して結婚はしているのですけれどね……。どうしてだろう？

今回のお話は、憧れていた先輩が結婚して失恋したサラリーマンのハルが、やけ酒をしている中、超絶なイケメン魔法使いエリアスと出逢い、酔った勢いで彼のプロポーズを受けて魔法のある世界へトリップしてしまいます。

素面に戻ったハルですが、酔っていたときの記憶はおぼろげ。プロポーズを受けたことも、お子様がいることもおぼろげ。

酔った勢いで「家族になる」と承諾したことを、お子様――アルビーに、ばれてしまうんです。

アルビーは四歳でありながらも、強力な魔力を持って生まれてきたお子様で、エリアスの妹の子供です。

泣きながら動物になる魔法をかけられてしまい、猫股の姿に……から始まります。

続きは、読んでからのお楽しみです。

既に読み終えて後書きを読んでいるお方、お楽しみいただけたでしょうか？

タイトルにあるように、子育てをしながら愛を育んでいくBLです。相手は小さな子供。男同士の育児でも、夫婦でおこなうのと、変わりはないと思っています。

泣いたり笑ったり、ときには悩んだり、喧嘩したり。ハルもエリアスも文中で、一人悩んだり、相手に怒ったり泣いたり（特にハル）としながら、アルビーを育て、愛を育んでいます。

ハルとエリアス、そしてアルビーの三人の生活やこれからを想像して楽しんでくれれば、と思っております。

そして、イラストを担当してくださった鈴倉温様。素敵なキャラクターを描いてくださり、ありがとうございました！

ハルもアルビーも可愛い！

エリアスは妖艶！　大満足です！

それから、編集様を含む製本に関わってくださった方々、ここでお礼を言わせてください。

ありがとうございました！

読者様、ここまでお付き合いくださり、本当にありがとうございました！
またお会いできることを、心待ちにしております。

セシル文庫をお買い上げいただき、ありがとうございます。
この本を読んでのご意見・ご感想・ファンレターをお待ちしております。

☆あて先☆
〒154-0002　東京都世田谷区下馬6-15-4
コスミック出版　セシル編集部
「深森ゆうか先生」「鈴倉 温先生」または「感想」「お問い合わせ」係
→Eメールでも OK！　cecil@cosmicpub.jp

セシル文庫

猫(ねこ)になる魔法(まほう)をかけられたけど、スパダリ魔法使(まほうつか)いと子育(こそだ)て頑張(がんば)ります！

2024年５月１日　初版発行

【著 者】　深森(ふかもり)ゆうか
【発 行 人】　佐藤広野
【発 行】　株式会社コスミック出版
〒154-0002　東京都世田谷区下馬 6-15-4
【お問い合わせ】　- 営業部 -　TEL 03(5432)7084　FAX 03(5432)7088
- 編集部 -　TEL 03(5432)7086　FAX 03(5432)7090
【ホームページ】　https://www.cosmicpub.com/
【振替口座】　00110-8-611382
【印刷／製本】　中央精版印刷株式会社

乱丁・落丁本は、小社へ直接お送り下さい。郵送料小社負担にてお取り替え致します。
定価はカバーに表示してあります。

ISBN978-4-7747-6554-9 C0193

マフィアと恋の逃避行 ベビーシッターは挫けない

宮本れん

絵本作家の高宮志遠はスランプ解消のためイタリアのフィレンツェを訪れる。そこで出会ったのは志遠が描いた絵本に登場する王子様に似た幼い男の子・ジュリオと兄のジーノ。子守に手を焼くジーノに頼まれ、ベビーシッターを務めることになった志遠は、情熱的で気さくな紳士ジーノに惹かれていく。しかし甘い予感とは裏腹に、志遠はある違和感を覚えていた。ジーノには裏の顔があり——!?

イラスト：鈴倉 温

セシル文庫　好評発売中!

ランチボックスに 恋を詰めよう

〜 ツンデレ俳優、唐揚げ最強伝説 〜

綺月 陣

弁当店でアルバイトしている小森日向太は、グルメ番組の取材をきっかけに、高校の同級生で人気俳優の東郷一城と再会する。取材で日向太が作った唐揚げを酷評した一城だったが、実は日向太の唐揚げ食べたさに演技で撮影を長引かせるほど日向太の料理が恋しかったらしい。一城に頼まれ住み込みでハウスキーパーをすることになった日向太だったが、恋愛ドラマの演技の練習として一城に迫られ!?

イラスト：みずかねりょう

イラスト：みずかねりょう

平華京物語
～ 転生したピアニスト、プリティ皇子のママになる ～

ありか愛留

ラウンジ・ピアニストのアルバイトをしていた大学生の小野町秋斗はある日、交通事故に遭う。目が覚めるとそこは平華京という平安時代風の都で、秋斗は政略結婚を嫌がり入水自殺をしようとしていた「朝露の君」という人になっていた。困惑する中、現代人のラフな言葉と態度で、幼い陽太丸に気に入られるも、最高権力者の玄龍帝には不興を買ってしまうが、なぜか陽太丸の教育係に任命され―!?

セシル文庫　好評発売中！

イラスト：鈴倉 温

拾ったSSランク冒険者が王弟殿下だった件
～ 聖職者のキスと三つ子の魔法 ～

滝沢 晴

むやみに使ってはならないと師から厳命されている最上級治癒魔法「天使のキス」。三つ子を連れた貧乏な聖職者アンリはのどかな採取先で使うことになるとは思わなかった。腹部に大けがを負ったSSランク冒険者を見つけてしまい、命を助けることになったのだ。その冒険者ランベールの正体はなんと密命を帯びた王弟で!?　秘密を守るため脅されて同行することになったアンリと三つ子は―。